沙与沫

[黎巴嫩] 纪伯伦 著

李唯中 译

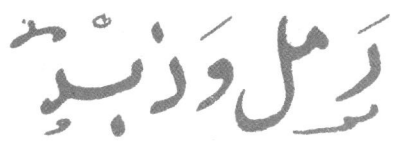

北京

图书在版编目（CIP）数据

沙与沫 /（黎巴嫩）纪伯伦著；李唯中译 . -- 北京：中国经济出版社，2024.5

（纪伯伦全集）

ISBN 978-7-5136-7574-1

Ⅰ . ①沙… Ⅱ . ①纪… ②李… Ⅲ . ①散文诗 – 诗集 – 黎巴嫩 – 现代 Ⅳ . ① I378.25

中国国家版本馆 CIP 数据核字（2024）第 012378 号

策划编辑	龚风光
特邀策划	青崖白鹭
责任编辑	王　絮
责任印制	马小宾
封面设计	静　颐

出版发行	中国经济出版社
印 刷 者	三河市中晟雅豪印务有限公司
经 销 者	各地新华书店
开　　本	880mm×1230mm　1/32
印　　张	10
字　　数	220 千字
版　　次	2024 年 5 月第 1 版
印　　次	2024 年 5 月第 1 次
定　　价	45.00 元

广告经营许可证　京西工商广字第 8179 号

中国经济出版社　网址 www.economyph.com　社址 北京市东城区安定门外大街 58 号　邮编 100011

本版图书如存在印装质量问题，请与本社销售中心联系调换（联系电话：010-57512564）

版权所有　盗版必究（举报电话：010-57512600）
国家版权局反盗版举报中心（举报电话：12390）服务热线：010-57512564

沙与沫

目 录

◆ **暴风集**

掘墓人 /002

奴隶主义 /008

被囚禁的君王 /011

十字架上的耶稣 /013

庙门上 /017

夜 /021

神女 /024

自尽之前 /026

同胞们 /028

我们与你们 /031

神子与猴孙 /035

黑夜与黎明之间 /038

麻醉药与手术刀 /043

金玉其外 /050

梦景 /056

黑夜里 /058

龋齿 /061

节日的夜 /064

巨人 /067

亲人之死 /070

民族与民族性 /074

自知之明 /078

暴风 /083

魔鬼 /095

苏尔班 /106

诗人巴勒贝克 /120

口蜜腹剑 /125

披风后面 /129

雄心壮志紫罗兰 /131

诗人 /135

言语与夸夸其谈者 /138

◆ **沙与沫**

导读 /142

沙与沫 /152

◆ **疯子**

我怎样成了疯子? /208

上帝 /209

喂,我的朋友 /210

稻草人 /212

相伴梦游 /213

两个修士 /214

聪明的狗 /215

有求必应 /216

七个自身 /217

公正 /219

狐狸 /220

聪明的国王 /221

宏愿 /222

新乐趣 /223

另一种语言 /224

石榴 /226

两只笼子 /227

三只蚂蚁 /228

掘墓人 /229

神庙台阶上 /230

圣城 /231

善神与恶神 /233

败中有胜 /234

夜神与疯子 /236

面孔 /238

更大的海洋 /239

被钉在十字架上的耶稣 /241

天文学家 /243

最大的渴望 /244

小草与秋叶 /245

眼睛 /246

两个学者 /247

当我的忧愁诞生时 /248

当我的欢乐诞生时 /250

完美世界 /251

◆ **流浪者**

流浪者 /254

衣服 /255

兀鹰与云雀 /256

情歌 /258

泪与笑 /259

集市上 /260

两位储妃 /261

闪电 /262

修士和禽兽 /263

先知和少年 /264

珍珠 /266

肉体与灵魂 /267

国王 /268

沙滩上 /271

三件礼物 /272

和平与战争 /273

舞女 /274

两个守护神 /275

雕像 /277

交换 /278

爱与憎 /279

梦 /280

疯子 /281

青蛙 /282

法律与立法 /284

昨天・今天・明天 /285

哲学家与鞋匠 /286

建桥者 /287

扎德土地 /288

金腰带 /289

红土 /290

圆月 /291

出家的先知 /292

陈年佳酿 /293

两首长诗 /294

罗丝太太 /295

鼠与猫 /296

诅咒 /297

石榴 /298

一神与多神 /299

如此聋妻 /300

探寻 /302

权杖 /303

路 /304

鲸鱼与蝴蝶 /306

和平感染 /307

树影 /308

古稀之年 /309

寻找上帝 /310

大河 /311

两个猎人 /312

另一个流浪汉 /313

暴风集

掘墓人

被生命阴影遮罩着的谷地里,遍布尸骨和骷髅。在一个雾掩繁星、寂静可怖的夜里,我独自漫步在谷中。

那里有一条血泪河,像蝮蛇一样爬行,又像罪犯一样狂奔。我站在河边,静听幽灵窃窃私语,凝目注视着空蒙遥远、虚无缥缈。

夜半时分,幽灵队伍倾巢出动,只听沉重的脚步声渐次向我走近。我凝神望去,但见一可怕的巨影站在我的面前,我禁不住惊恐呐喊:"你想要什么?"

他用两只亮灯似的眼睛望着我,而后从容不迫地回答:"我什么都不要,又什么都想要。"

"请不要打扰我,走你的路吧!"我说。

他微笑着:"我的路就是你的路;你去哪里,我去哪里;你在哪里停步,我在哪里驻足。"

我说:"我是来求取孤独的,你就让我独自待些时候吧!"

"我就是孤独,你何必怕我呢?"

"我并不怕你。"

"你既然不怕我,又何必像风吹的甘蔗,瑟瑟战栗不止呢?"

我回答:"风拂动我的衣衫,故衣衫抖动;而我,却并未颤抖。"

他哈哈大笑,其声音若狂风呼啸。他说:"你是个胆小鬼。明明怕我,却怕说怕我。你面临双重恐惧,却企图竭力掩饰。你的欺骗脆弱得如同蛛网。你想令我发笑，惹我生气。"

他在一块石头上坐下来。我也迫不得已坐下，注视着他那表情严肃的面孔。

仅仅过了片刻，在我看来像过了一千年似的。他用嘲弄的目光望着我，问道："你叫什么名字？"

我回答说："我叫阿卜杜拉。"

他说："名叫'安拉的奴仆'，安拉的奴仆何其多，而安拉又是何其苦累其奴仆啊！你何不把自己称作魔鬼的主人，以此为魔鬼带来新的灾难呢？"

"我名叫'安拉的奴仆'，这是个亲切的名字，是父亲在我出生那天给我起的名字，不便更改。"

"儿子的灾难就在父亲的馈赠之中。谁不拒绝父辈和祖辈的礼物，谁便永远是死神的奴隶，直至作古。"

我边点头，边思考着他的话，回想着记忆中与他的情况颇相近似的梦幻画面。之后，他又问我："你是干什么的？"

我回答："我作诗并散发之，以便把自己有关生活的看法展示给人们。"

他说："这是一种被废弃了的旧职业，无益于人，亦无害于人。"

"我日日夜夜做点什么才能有益于人呢？"我问。

"你可以把掘墓作为职业，也好清除堆积在人们住宅、法院和寺庙周围的尸体，让人们舒身怡神。"

"我没发现住宅周围有堆积的尸体呀！"我说。

他说："你用幻想的眼睛观察，便会发现人们在生活暴风前战栗颤抖。在你看来他们还活着,其实他们生来就是死人,但却没有找到掩埋他们的人,故被抛在地上,腐烂发臭,臭气熏天。"

我的恐惧感消失了。我问:"活人和死人在暴风前都会颤抖,又如何区分死活呢?"

他说:"死人在暴风前颤抖,而活人则跟着暴风奔跑,只有暴风平息下来,他才止步。"

其时,他手托下巴,前臂洒然外露,肌肉丰满坚实,活像冬青槲树干,充满力量与生气。他问我:"你结婚了吗?"

我回答:"结婚了。我的妻子是位窈窕淑女,我很爱她。"

"你的过失和缺点太多了。结婚是人屈从于习惯势力的表现。你若想得到解放,那就休掉你的妻子,过独身生活。"

"我已有三个孩子,大的刚会玩木球,小的才咿呀学语,还说不成话,我如何摆置他们呢?"

"可以教他们挖坟坑,给每人一把锹,就不要管他们了。"

"我无能力独处幽居,已习惯于生活在妻儿中间;假若离开他们,我也便失去了幸福。"

"在妻儿中间生活,不过是放着白福不享,甘心去受黑罪。不过,假若非结婚不可,那就要与一位仙女结伴。"

我感到惊异,忙说:"世上本无天仙,何必欺骗我呢!"

"好一个愚蠢的年轻人!无仙之说,绝非真话;谁不信仙,便属于猜疑与模糊世界。"

我问:"仙女也有风雅与姿色吗?"

他答道:"她们的风雅永不消退,她们的姿色永不凋谢。"

"让我见见仙女，我就信以为真了。"

"假若你能够看见仙女，并且能触摸到她，我也就不让你与她结婚了。"

"看不见、摸不着的妻子，又成何益呢？"

他答道："益处来得缓慢，可导致世间生灵及那些面临暴风发抖，但不随之走动的死物统统灭亡。"

他转过脸去，片刻过后又问我："你信什么教？"

我回答："我信仰安拉，敬重诸位先知，崇尚德行，对来世抱有希望。"

他说："这些词语均系先辈整理，尔后供你的双唇引用。然而纯粹的事实，则是你只信仰你自己，仅敬重你自己，只崇尚你的个人爱好，只求你自己永世长存。当初，人就崇拜自己，按照个人的不同爱好和愿望，为自己起各种各样的名字，时而称自己为'伯阿勒'❶，时而称自己为'木星'，时而又把自己称为'安拉'。"

旋即他笑了，讥讽、嘲弄的面纱后绽现出一副笑脸。他接着又说："可是，那些崇拜自己的人是多么奇怪呀！其实，他们的灵魂不过是腐烂发臭的尸首罢了！"

一分钟过去了。我一直在思考着他的那些话，发觉其中有比生更离奇的含义，有比死更可怕的东西，有比真理更深刻的哲理。我的思想终于在他的外观与内涵之间徘徊起来。我想弄清他的秘密与

---

❶ 伯阿勒，腓尼基人所崇拜的太阳神。

隐私的念头油然而生，禁不住高声问道："假若你信主，就请你以你的主起誓，告诉我，你是何许人？"

"我是自己的上帝。"他回答。

"你叫什么？"

"疯神。"

"生于何地？"

"无地不生。"

"何时降生？"

"无时不生。"

"你从何人那里学到这些哲理，又是谁向你吐露了生命的奥妙和存在的隐秘？"

他回答："我不是哲学家。哲理不过是人类懦弱品性的一种。而我，则是一个强大的狂人；我行走时，地球在我的脚下颤动；我停下脚步时，群星队列与我一同止步。我从魔鬼那里学到了嘲弄人类的本领；我与仙王共处，与夜下暴君做伴之后，方才弄清了存在与虚无的秘密。"

"你在这崎岖的谷地里有何事干？你又如何打发自己的黑夜与白天？"

"清晨，我亵渎太阳；午间，我诅咒人类；傍晚，我嘲弄自然；夜来，我膜拜自己。"

"你吃什么，喝什么，又睡在哪里？"

他答道："我和时间、大海一样，永无睡眠。但是，我们食人肉，饮人血；只有使人喘息，我们才觉甘甜。"

这时，他站起来，双臂交叉胸前，然后凝视着我的双眼，用深沉、稳重的语调说："再见吧！我要到魔鬼与暴君结合的地方去了。"

我急忙喊道："且慢！我还有一事要问。"

他的部分身躯已隐没在夜雾之中，只听他回答说："疯神是不给任何人以宽限时间的。再见！"

顷刻间，他的身影消失在夜幕里，再也看不见他，只留下我一个人。我害怕，我茫然，无论对他，还是对我自己，都说不出个所以然。

当我抬脚离开那个地方后，听到他的声音回荡在那些高大岩石之间："再见！再见……"

第二天，我休掉了妻子，与一位仙女结为伉俪。后来，我给我的每个孩子一把锹和一把铲，并对他们说："去吧！看见死人，就把他们埋在土里去吧！"

自那时到现在，我一直在掘坟坑，埋葬死人；可是，死人太多，却只有我一个人挖呀埋呀，没一个人来帮忙！

奴隶主义

人是生活的奴隶。奴隶主义使得人们白天充满屈辱、卑贱，黑夜饱浸血和泪水。

自我降生起，七千年过去了，我所见到的净是屈辱的奴隶和戴镣铐的囚犯。

我周游过世界的东方和西方，我领略过生活的光明和黑暗，我看到民族和人民的队伍步出洞穴，走向宫殿。但是，至今我所看到的人们，个个被沉重负担压弯了脖子，人人手脚被镣铐束缚，跪在偶像面前。

我跟着人类从巴比伦行至巴黎，从尼尼微走到纽约，我亲眼看到人类桎梏的痕迹依然印在他们足迹旁边的沙地上。我从山谷、森林所听到的，净是世世代代痛苦呻吟的回声。

我走进宫殿、学院、庙宇，站在宝座、讲台、祭坛前，我发现劳工是商贾的奴隶，商贾是大兵的奴隶，大兵是官宦的奴隶。但是，偶像是魔鬼弄来的一把泥土，并且将之竖立在骷髅堆上。

我进过富豪的家宅，我进过穷人的茅舍，我睡过镶金嵌银的牙床，我宿过魔影翩跹、死气沉沉的破屋。我发现幼儿将奴性和着母乳一道吮吸，少年将屈辱伴着拼音字母一道领受，少女身穿用驯服做里子的衣衫，妇女躺在屈从的床上入眠。

我跟着一代又一代的人，从恒河河畔来到幼发拉底河沿岸、尼罗河河口、西奈山山麓、雅典广场、罗马教堂、君士坦丁堡街巷、伦敦大厦，我发现奴隶主义阔步于各地的祭悼队伍之中，人们尊之为神灵。人们将美酒、香水洒在奴隶主义偶像前焚香，称之为圣哲。人们在奴隶主义面前顶礼膜拜，尊之为法规。人们为奴隶主义拼搏，誉之为爱国主义。人们向奴隶主义投降，命之为上帝的影子。人们照奴隶主义的意志，烧掉房舍，摧毁建筑，称之为友谊、平等。人们为奴隶主义辛勤奔波，称之为金钱、生意……总而言之，奴隶主义名字繁多，本义无异；表现各种，实质一个。其实，奴隶主义是一个永恒的灾难，给人间带来了无数意外和创伤，就像生命、习性的继承一样，父子相传；就像这些季节收获那些季节种植的庄稼一样，这个时代将它的种子播撒在另一个时代的土壤中间。

我见识过种种奴隶主义，其最出奇者，则是将人们的现在与其父辈的过去硬拉在一起，使其灵魂拜倒在祖辈的传统面前，让其成为陈腐灵魂的新躯壳、一把朽骨的新坟墓。

哑巴式的奴隶主义，将男子的岁月附着在他所讨厌的妻子的衣角上，将女性的躯体禁锢在她所讨厌的丈夫的床上，使夫妻双方在生活中变成鞋和脚的关系。

聋子式的奴隶主义，强迫人们依从环境，观其颜色而染色，看其衣着而更衣，听声应声，跟影随形。

瘸子式的奴隶主义，将强者的脖颈置于阴谋者的控制之下，用功名利诱有能力者服从于贪婪者的嗜好，成为贪婪者信手拨转的机器，并且随时使之停转、毁坏。

早衰式的奴隶主义，将孩童的灵魂从广宇降到贫寒家舍，实施饥馑加上愚昧，屈辱添上愤怒，使他们在苦难中成长，生时犯罪，死时被弃。

画皮式的奴隶主义，买货不付实价，说好锦上添花，将阴谋称为聪慧，把啰唆当作学问，将软弱称为灵活，把胆怯叫作推卸。

蜷曲式的奴隶主义，以恫吓转动懦夫们的舌头，于是懦夫们言不由衷，表里不一，变得像衣物一样，在家庭主妇手中被任意摊展、折叠。

佝偻式的奴隶主义，假其他国家的法律治理本民族。

奸猾式的奴隶主义，给王子头上加国王的冠冕。

黑暗式的奴隶主义，任意侮辱加害罪犯的无辜儿子。

奴隶主义从属于奴性，是一种惯性力量。

我跟着一代又一代人奔走漫游，当我感到疲倦，并懒于观看民族的行列时，便独自坐在黑影密布的河谷。那里隐藏着昔日的幻梦，那里孕育着未来的灵魂。在那里，我看到一个消瘦的人影，它凝视着太阳踽踽独行。我问："你是谁？你叫什么名字？"

它答道："我名叫自由。"

我又问："你的子女何在？"

它说："一个被钉在十字架上，一个死于狂症，一个尚未出生。"

话音未落，它便隐没在云雾之中。

被囚禁的君王

被俘的君王,你别难过!你在监牢里并不比我难熬。

威严之父,跪下吧!你坚强些!灾难临头,惊慌失措,这是胡狼的特长。君王被囚,只有蔑视监牢及狱卒,才最光彩。

有志的青年人,让你的心平静一点!你瞧瞧我,我像你一样,身居笼中,也是一个奴隶。我们之间的差别,只不过在于我常做噩梦,而这噩梦却害怕与你接近。

你与我都被赶出了祖国,远离了亲人故友。且莫心神不安!像我这样,忍受那无边的痛苦,嘲笑那些在数量上胜过我们,而意志远不如我们坚强的懦夫吧!

人们丢失些充耳不闻的聋子,喊叫、喧闹又有何用?

在你之前,我也曾对着他们的耳朵高声呐喊,但除了人影,什么也没有喊住。我像你一样,仔细观察过他们的各个阶层。我发现,他们都是胆小鬼、可怜虫;他们只敢在戴镣铐的人面前耀武扬威,在被囚禁者面前趾高气扬。

专横的君王,你看看监牢周围的人们,仔细端详一下他们的面孔,他们多像你的沙漠中的下等臣民!他们中间,有的人像兔子一样胆怯,有的人像狐狸一样狡猾,有的人像蛇蝎一样狠毒。但是,他们之间,谁也不具备兔子的安详、狐狸的聪明、毒蛇的智慧。

君王,你看哪!这个脏得像猪,可他的肉不能入食;这个壮如水牛，但他的皮没有用途；那个像匹蠢驴，可却用两腿走路；那个似乌鸦，然而只在庙中啼叫；那个像孔雀，卖弄风骚，只可惜长着一身假羽毛。

威严的君王，你看哪！你看看那些官殿、学院，尽是些窄狭的巢窝，可是住在里面的人们，却为遮阳坚壁而欣喜，因看不到天上繁星而自豪。那全是黑夜的洞穴，青春之花在它的阴影下凋谢，爱情之火在它的角落里熄灭，美好梦想在那里化为青烟。那是一种奇特的地道，在那里，幼儿床铺靠着临死者的病榻摇动，新娘的床竟然挨近停尸的灵台。

尊贵的俘虏，请看看那些宽敞的大街、狭窄的小巷，尽是些难以穿行的山涧河谷，弯道上盗贼埋伏，险谷旁叛徒隐蔽。那是各种欲望争斗的战场。灵魂在那里厮杀，但不用宝剑；灵魂在那里相咬，但不用犬齿。那是充满恐怖的森林，林中栖息着一种动物，外貌温驯，尾巴散香，头角光亮，其法律变得残酷，其传统变得更奸诈；至于它的君王，则并非你的匹敌——雄狮，而是一种奇怪的动物：鹰钩嘴，鬣狗爪，生着蝎子舌头，常像青蛙鼓噪。

被囚禁的君王，我在你那里站了许久许久，在你面前絮絮叨叨。我愿以灵魂将你赎回。但是，他，一颗被囚禁的心，自认为是被废黜了的君主；他，一个被囚禁的灵魂，自感与那些囚徒更亲近。你就宽容那位青年人吧！岂不知他咀嚼话语，以充饥腹；他吮吸思想，以润渴肠。

严厉的君主，再见吧！即使不能在这个奇怪的世间相会，也定在魔影世界见面，因为那里是亡灵聚会的地方。

十字架上的耶稣

写在受难的礼拜五

今天及每年的今天,人类从沉睡中苏醒过来,站在历代幽灵面前,眼里噙着泪水,瞭望基勒吉尔山,遥看被钉在十字架上的耶稣……白昼过去,夕阳西沉,人们跪在山脚下的偶像前,又开始顶礼膜拜。

今天,思念之情将普天下基督教徒的灵魂引向耶路撒冷。他们一排排站在那里,指点着自己的前胸,凝视着头戴芒刺桂冠的人影。只见那人影伸展双臂,在死亡幕幔之后,静观生命的渊源……但是,夜幕并未垂落在今日舞台上,于是,基督教徒们又成群结队地裹着愚昧、呆钝之被,在遗忘的阴影下侧卧入睡了。

每年的今天,哲学家离开他们那黑暗的洞穴,思想家弃离他们那寒冷的茅屋,诗人走出他们那幻想的幽谷,纷纷来到山上,肃然站立,默不作声,洗耳恭听一位青年的声音。那青年指着杀人者,说:"圣父啊,宽恕他们吧!因为他们不知道自己干了些什么……"然而寂静压倒了光明,致使哲学家、思想家和诗人又将灵魂埋在了古书堆里。

妇女们热心于生活的欢乐,酷爱华饰盛装。今天,妇女们走出家门,去看望站在十字架下的那位女子。但见那女子痛苦不堪,就像一株细小的树苗,面临寒冬风暴,前俯后仰,摇摆不止。于是,妇女们走近她，但听她在呻吟抽噎。

青少年们随着岁月潮流，来到陌生之地。今天，青少年们回头望去，但见一位瘦弱的女孩子，正用她的泪水为一个顶天立地的大汉洗涤脚上的血迹。当他们看厌了这种景象时，便匆匆笑离而去。

每年的今天，人类伴着春天苏醒过来，为耶稣受难而痛苦落泪，然后合上眼睛，复入沉睡。而春天，则笑意盎然，昂首阔步，渐而转化为夏令，身着金缕衫，衣角溢芳香。

人类是一位女子，以痛悼历代英豪而自感欣慰。假如人类是一位男子，定会为英雄们的荣誉和尊严而感到豪迈。

人类是个女孩儿，望着受伤的鸟儿悲伤叹息。但是，她怕面迎狂风，因为狂风会摧折枯枝，荡涤浊水污泥。

人类将耶稣看作一个穷困孩子、乞丐式的生命，像弱者一样被蔑视，像罪犯一样被钉在十字架上，于是痛悼他，歌颂他。人类的这些作为，完全出于对耶稣的敬重、尊崇。

十九世纪以来，人们将耶稣当作软弱的标志崇拜；然而耶稣是强大的，只是人们不懂得强大的真正含义。

耶稣生时并不胆怯懦弱，死时亦未悲痛呻吟，恰是生得洒脱，死得壮烈。

耶稣并不是一只被折断翅膀的小鸟，而是狂飙，乍起便可摧毁一切弯曲的翅膀。

耶稣从蓝色云霞之后走来，并非为了使痛苦变成生活的标志，而是想把生活化为真理和自由的象征。

耶稣不害怕压迫者，也不畏惧敌人；在杀害他的刽子手面前，他没有喊冤叫苦。耶稣是殉教者的领头人,抗拒暴虐、专制的勇士。他见毒疮脓包,必定动手切除;听坏人大放厥词,当即出面制止;遇假仁假义的君子,必将之打翻在地。

耶稣自高天降临人间,并非为了拆毁房舍,取其砖石来建教堂和禅房,以便引诱强壮男子充当牧师与修士,而是要把一颗新灵魂撒到天空,凭以捣毁立在骷髅堆上的宝座支柱,还要拆除坟墓上的巍峨宫殿,打碎矗立在弱者体躯上的偶像。

耶稣来到人间,并非为了教人们在简陋茅屋和阴暗寒舍旁建造高耸云天的教堂、规模宏大的学院,而是要使人们的心成为庙宇,灵魂成为祭坛,头脑成为牧师。

这就是耶稣的所作所为,这就是耶稣甘愿被钉在十字架上而舍身殉求的原则。如果人类心明眼亮,那么,他们今天应该站起来,高唱胜利凯歌。

被钉在十字架上的巨人啊,请你从基勒吉尔山上看看历代人的队伍,听听各民族的呼声,理会一下永恒之梦。你被钉在沾着鲜血的十字架上,比千代王朝那万把宝椅上的无数位君王更加庄严、高贵;你临死而面无惧色,比身经百战、统率千军万马的将帅还要神气、威武。

你虽满目忧伤,然而你比百花盛开的春天欣喜欢畅;你虽身陷苦潭,但是你比天上的神仙从容舒展;你虽在刽子手掌中,却比太阳光明灿烂。

你头上的芒刺冠冕,比巴赫拉姆[1]国王的皇冠妍丽堂皇;你掌上

---

[1] 巴赫拉姆,即萨珊巴赫拉姆五世,因残酷压迫基督教徒,导致了拜占庭人的干预。

的铁钉，比朱庇特的权杖高贵大方；你脚上的血滴，比阿施塔特的钻石项链晶莹明亮。请你宽恕为你涕泪的弱者，因为他们不晓得该如何祭悼自己的灵魂。请你原谅他们，因为他们不知道你用死亡战胜了死神，同时把生魂赐予了墓中人。

庙门上

为了谈论爱情,我用圣火净洁了自己的双唇。我想开口说话,却发觉自己是个哑巴。

在我懂得爱情之前,我就会唱歌;当我懂得爱情时,我口中的歌词却变成了微弱喘息,心中的歌声却化成了深沉静寂。

过去,你们曾经问我爱情妙在何处?我回答了你们的问话,你们个个感到心满意足。现在,我的眼上罩着爱情帷幕,我只有向你们打听爱情的特点,谁能回答我?谁又能猜透我的心思,将我的灵魂向我展示?

一柄火炬,燃烧在我的胸中,吞噬了我的活力,熔化了我的情思。谁能告诉我,这是什么火炬?

寂寞之时,一只粗大的手揪住了我的灵魂,将难忍的苦涩与可口的甘甜之酒注入我的心。谁能告诉我,这是谁的巨手?

静夜里,数只翅膀在我的床边拍击。我沉下心来,留意探索这陌生事物,侧耳细听那新奇声音,低头沉思不明之理,深入思考不解疑难。我叹息,叹息中包含着痛苦与烦恼;对我来说,痛苦、烦恼胜过欢歌笑语。我向一种无形的力量屈服了,这力量使我一次次死去活来。直到东方破晓,我才入睡。醒时的人影,在我那疲惫的眼睑间上下抖动;梦中的幻象,在我的石头床上左右摇摆。

爱情究竟是什么?

一种无形东西，隐藏在岁月背后、视野之外，安居在人们心上，那究竟是什么？请你们告诉我。

一种绝对观念，产生自一切因与果。那到底是什么？请你们告诉我。

一股无名力量，将生与死化成比生更奇异、比死更深沉的梦，那到底是什么？请你们告诉我。

众人们，请你们告诉我，你们当中可有这样一种人：当爱神之手触摸他的灵魂时，他无动于衷，依旧沉睡？

你们之中可有这样的人：当心爱的少女呼唤他时，他能不离开父母与乡亲？

你们之间可有这种人：他不肯漂洋过海，横跨荒漠，翻山越岭，穿过峡谷，去会他的心上人？

假若心上人在极地，她的灵魂纯美、性情温柔、声音甜润，哪位小伙子不心向神往？

当上帝接受人的祈祷，而且有求必应时，谁不甘愿自焚化为香烟，奉献在祭坛之前？

昨天，我站在庙门前，向过往行人探问爱情的秘密。

一位身材瘦小的中年人，从我面前走过，他无精打采，叹息道："爱情是一种天赐，本是从原始人那里继承来的。"

一位体魄健壮、肌肉丰满的青年人，从我面前走过。他低声吟唱道："爱情是一种愿望。它与我们形影不离，将人们的过去、将来与我们的现在连接起来。"

一位神情凄怆的妇女，走过我的面前。她叹了口气，说："爱情是一种致命毒素，地狱里的黑蛇吞食了它，将它喷洒在天空，而后附在露珠上而降下；干渴的灵魂喝了这种有毒露水，醉一时，醒一年，然后永远死去。"

一位面似桃花的少女，打我面前走过。她笑眯眯地说："爱情是多福河之水，晨光新娘将之注入强健的灵魂里，让灵魂升腾，凝聚在夜空繁星面前，沐浴在白昼阳光之中。"

一位身穿黑衣衫的长须男子，从我面前走过。他满面愁容地说："爱情是一种愚昧，随青春到来而来，伴青春逝去而消。"

一位面孔英俊、容光焕发的男子，从我面前走过。他兴高采烈地说："爱情是一门高深学问，擦亮了我们的眼睛；神灵看到的，我们也看到了。"

一位盲人走过我的面前。他用手杖探路，边走边痛哭流涕地说："爱情是一团浓雾，将心灵层层围住，遮掩了大自然的如画美景，使人只能看到自己的影子在岩石间晃动，听到的只是深谷传来的自己呐喊的回声。"

一位抱着六弦琴的小伙子，打我面前走过。他边走边哼着小调："爱情是一束神奇的光，照亮了人的感官，使人看到世界是行进在绿色草原上的一支队伍，使人悟出人生是白日里的梦幻。"

一位驼背老人，拖着沉重的脚步，从我面前走过。他的双腿似乎有了毛病，颤颤巍巍地说："爱情是坟墓里的僵死尸体，永恒世界中的静止灵魂。"

一个五岁的孩子，从我面前走过。他蹦蹦跳跳，拍着手，笑着叫道："爱情就是我爸，爱情就是我妈。天下懂得爱情的，只有我爸和我妈。"

白日里，人们走过庙门前，个个都按自己的理解谈论爱情，人人都想揭开生命的秘密，无不畅谈自己的心愿。

夜来临，不见行人来往，但听庙里传出这样的话音："生命是两个一半：一半僵死不动，一半炽热燃烧，爱情就是那盛燃的一半。"

我迈步走进庙门，双膝下跪，顶礼膜拜，虔诚祈祷，大声呼喊：

"上帝啊，请把我化为火神之食，请将我变为圣火之餐。阿门。"

夜

情侣、诗人、歌手的夜!

影像、灵魂、幻想的夜!

渴望、钟爱、思恋的夜!

巨人啊,你站在傍晚乌云与黎明新娘之间,恰似鹤立鸡群。你腰挂锋利宝剑,头戴月光冠冕,身披静夜长衫,睁千只眼注视生命深渊,侧万只耳倾听死神吟叹。

夜啊,你是黑暗,使我们看到了天上的灿烂光辉;白昼光明,却用大地的阴影将我们遮掩。

夜啊,你是希望,在无边的恐惧面前,是你掀开了我们的眼帘;白昼虚幻,在度和量分明的世界里,却使我们像瞎子一样受煎熬。

夜啊,你从容镇静,以沉默寡言揭示天上灵魂的奥秘;白昼喧闹,用大声吵嚷激发天涯沦落人的精神力量。

夜啊,你无比公平,总将弱者的美梦与强者的意愿拢集在困神的怀抱之中。

夜啊,你是仁慈之神,用无形的手指让不幸者合上眼,遂将他们的灵魂带往温和人间。

在你蓝色的衣褶里,爱慕者们倾吐自己的心绪;在你沾满露珠的双脚上,寂寞者们挥洒自己的泪滴;在你那散发着河谷幽香的手心里,异乡客留下自己的记忆。你是爱慕者的良朋,你是孤独者的亲人,你是异乡客的伙伴,你是寂寞人的挚友。

诗人的情感,在你的身影下匍匐;圣哲的灵魂,在你的双肩上苏醒;思想家的才智,在你的发髻里蠕动。你是诗人的递词者,你是圣贤的启迪人,你是思想家的传授师,你是观察家的提示神。

当我的心厌恶了人类,我的眼懒于再看白昼的时候,便向遥远的旷野走去,因为那里栖息着先人的灵魂。

在那里,我看见一个黑色庞然大物,生着千只脚,信步在平川、幽谷。

在那里,我定神凝视幽暗处的眼睛,侧耳倾听无形翅膀拍击,伸手触摸寂静之神的衣领。

在那里,我面对阴森夜幕,不时自我鼓气壮胆。

在那里,我看到一个巨大身影,耸立田地之间,头顶云朵,身裹雾幔,傲视太阳,戏弄白天,蔑视跪在偶像前熬眼的信徒,责斥身卧锦缎的君王,怒目盯着盗贼的嘴脸,忠实守护在孩童枕边。为烟花女的微笑而悲痛垂泪,因情侣的啼哭而顿绽笑颜。借你的双手,高高举起胸怀宽广的大丈夫;假你的双脚,狠狠踢开心胸狭窄的怯懦汉。

在那里,我看到了你,你也看到了我。你威严,你是我的慈父;我梦想做你的儿子,拆除你我之间的屏障,撕毁你我脸上遮罩的猜疑面纱。你向我倾吐了你的心头秘密,我向你诉说了我的灵魂希冀。你的威严化成了比鲜花更美、比蜜语更甜的歌声,我的恐惧变成了比鸟儿安详、可爱的柔情。你把我高高举过头,让我坐在你的肩膀上。你教我放眼远望,洗耳恭听,侃侃叙谈。你教我爱人所不爱,你教我恨人所不恨。你用手指抚摩我的头,于是,我的思想纵横驰骋,化为江河,冲走凋草败叶;你用双唇亲吻我的灵魂,于是,我的灵魂轻轻摇动,化为火炬,炽烧怒燃,吞没枯枝朽木。

夜啊,我与你形影不离,直到我变得和你一模一样。我爱你呀,因为你我口味相投。我了解你啊,变成了你的缩影。你在我那黯淡的心中,布满了耀眼的繁星。夜幕垂降,钟爱之神将群星点缀在苍穹;晨光初照,恐惧之神又将繁星收拢。我心中有一轮圆月,时而闪现在乌云密布的天上,时而出没于充满梦幻的旷野。我那不眠的灵魂何其平静,它道出了敬慕者的心愿,听到了崇拜者祈祷的回声。我的头周围有一层神奇的外壳,临死者的喉鸣声将之撕裂,返老还童者的歌声又把它合缝。

啊,夜呀,我像你,人们会揣测我因此而自豪;而他们,则因自己像火,引以为荣。

我像你,我俩都是无辜的被告。

我的性情、爱好、品格和梦想,无不像你。

我像你,虽然我没有金色云霞桂冠。

我像你,虽然晨姑没给我的衣服绣上金边。

我像你,虽然我身上没有裹着云汉。

我是连绵、舒展、寂静、紊乱的夜。我的黑暗没有开头,也没有终点。当人们的眼睛里闪烁着欢悦光芒站起来时,我的灵魂却凄楚黯然,升入云天。

夜啊,我像你;但是,我的黎明不会降临,直至笑迎大限。

神女

神女啊,你想把我带到何方?

穿山越岭,道路崎岖,荆棘丛生,可使我们身登九天,心入深渊。我跟随着你,要走到何月何年?

我扯着你的衣角,宛如孩子跟着母亲。我跟在你的身后,忘却了自己的幻梦。我望着你那羞花容貌,对周围晃动的人影一概视而不见,只觉得你有一种无形力量,将我紧紧牵引。

神女啊,请稍停片刻,让我仔细看看你的容颜!我走累了。这路途多么艰险,我的心儿为之震颤。歇歇脚吧!我们已来到三岔路口,这是生与死的界限。我绝不再前进一步,除非弄明你的意愿。

神女啊,你听我说。

昨天,我还是一只自由的小鸟,展翅翻飞在湍湍溪流之上,鼓翼翱翔在广阔云天之间;暮色苍茫,我高栖枝头,极目眺望太阳神在傍晚建造、又于落山前捣毁的彩霞城郭里的广厦、宫殿。

我像思想、意念,独自驰骋在地北天南,饱尝生活的美妙与欢乐,寻觅世间的奥秘与忧烦。

我又似梦幻,辗转奔波在夜幕之间,穿过窗子缝隙,来到熟睡少女的绣榻旁,戏逗她们那天真的情感。而后坐在老年人的床边,洗耳恭听他们诉说真诚的心愿。

神女啊，我今天遇到了你。我因吻过你的手而中毒，成了你的一名俘虏，拖着沉重的枷锁，来到一个陌生的地方。我成了一个醉汉，仍想喝那夺去我的理智的醇酒，还要亲吻抽打过我的面颊的手掌。

神女啊，你停一停！我的体力已经恢复，我也已砸断了沉重的镣铐，摔碎了斟满酒的杯盏。你想让我做什么，要把我带到何方？

我已经恢复了自由。难道你想让我变成一位自由伙伴，傻眼死盯着太阳，徒手抓火而不发颤？

我再次打开我的心扉。难道你想陪伴一位消磨时光的青年——白日，似苍鹰盘旋、翱翔在大山之间；夜晚，如猛狮雄踞在沙漠莽原？

你可满足于一个男子的爱慕——他把爱情看成朋友，拒绝将之当作圣贤？

你可满足于一颗狂爱之心——它既不屈从，也不怕火炼？

你可满足于一颗柔韧的心灵——它在风暴面前摇动，但不会被折断；它随风而狂舞，但不会被连根拔起。

你希望我成为一个既不奴役人，又不被人奴役的人吗？

这是我的手，请用你那嫩白的手轻摇！这是我的躯体，请用你那柔软的双臂拥抱！这是我的嘴，请你深深一吻，时间要长，切莫作声。

自尽之前

昨天，我心爱的女子坐在这寂静的房间里。

她头靠着柔软的玫瑰色锦枕，用这只水晶杯饮着掺香料的美酒。

这都是昨天的事。昨天是梦幻，一去不复返。

今天，我心爱的女子已奔向遥远、空荡、荒芜、寒冷的地方，那里被称为淡忘园。

我心爱的女子的指纹仍然留在水晶镜子上，她那浓郁、芳香的气息依旧存在我的衣褶里，她的话音依然在我房间里回荡。但是，我心爱的女子却早已奔向远方，那里被称为淡忘园；至于她的指印、香气、魂影，则将留在这个房间，直到明天。那时，我将打开窗子，请来风神，刮走美女留给我的全部赠品。

我心爱的画像依旧挂在床边；她写给我的情书，仍然存放在镶嵌着玛瑙、珍珠的银盒子里；她送给我作爱情信物的金黄额发，一直放在麝香村里的锦囊里边。所有这些，均放在原地，等待着明天。当东方透出黎明曙光，我将打开窗子，让风神显威，把这一切带到黑暗中去，带到哑神栖身的地方。

青年朋友们，我心爱的女子就像你们心上的女子一样，她是一位罕见的女性，造物主赐予她鸽子般的温柔驯从，毒蛇般的反复无常，孔雀般的妖艳妩媚，豺狼般的凶狠残暴，白玫瑰般的丰润多姿，黑夜似的阴森凄迷，外加一把炭灰、一勺海水泡沫。

童年时代，我便认识了那位心爱的女子。我伴着她奔跑嬉戏在田野里，我抓着她的衣角漫步在大街上。

少年时代，我认识了她，在字里行间找到了她的形象；在天空的乌云间，看见了她的身影；从溪水淙淙声里，听到了她那悦耳的歌声。

青年时代，我认识了她。我和她对坐畅谈，征询意见，交流心底秘密，倾吐肺腑忠言。

所有这一切，都发生在昨天。昨天是梦幻，一去不复返。今天，她已奔向遥远、空荡、荒芜、寒冷的地方，人称之淡忘园。

我心爱的女子名叫生命。

生命是一位窈窕淑女，令我们神魂为之倾倒。她给我们许下许多愿：假若不能兑现，我们的耐心便会云消雾散；倘使忠于诺言，我们便永不知厌倦。

生命是美女，用情人的泪水沐浴，以仇敌的鲜血当香水洒身。

生命是美女，身着白昼为表、黑夜衬里的衣衫。

生命是美女，乐意以人心为友，但不愿与之结为终身侣伴。

生命是娼妓，诚然标致；但是，谁与她共枕，必定厌恶她那妖艳容颜。

同胞们

同胞们,你们想要我做什么?

你们想要我为你们建造用空洞诺言堆砌、用花言巧语装饰和用美梦盖顶的宫阙、殿堂,还是要我捣毁骗子、懦夫所建之物,拆除伪君子、坏蛋矗立起的楼宇?

同胞们,你们究竟想要我做什么?

要我像鸽子一样咕咕鸣叫,以便使你们高兴,还是学雄狮怒吼,仅仅取悦于我自己?

我已经对你们唱过歌,而你们却没有手舞足蹈;我已在你们面前哭号过,而你们也未曾流泪。莫非你们想要我同时吟唱、号啕?

你们的神魂饿得抽搐,而知识的面饼比山谷里的石头还多,你们为什么不吃?你们的心灵渴得发抖,而生命的甘泉像溪水一样,流淌在你们的住宅四周,你们为什么不喝?

海潮有涨有落,月有阴晴圆缺,时有春夏秋冬。而真理既不消退,也不变化,你们为什么试图丑化真理的面目?

我在寂静的夜里曾呼唤你们,以便让你们观赏圆月的壮美和星辰的威严,而你们却从卧榻上惊惧而起,手握宝剑长矛,高声大喊:"敌人在哪儿?让我与他拼杀!"天亮之前,敌人带着兵马来了,我再喊你们,你们却没有起来,依然深深沉浸在幻梦里。

我对你们说:"同胞们,来吧,登上山顶,我要让你们看看世上的王国。"你们回答说:"我们的父辈祖辈都生活在这谷地里,他们死在谷影下,埋在山洞中。我们怎好离开这里,到他们没去的地方去呢?"

我对你们说:"让我们到平原去,我要让你们看看金矿和地下宝藏。"你们回答道:"平原上潜伏着盗贼和劫匪。"

我对你们说:"来呀,我们一起到海边去,大海送来了许多福利。"你们回答说:"浪涛喧嚣会使我们惊魂失魄,水深莫测会吞没我们的肉体。"

同胞们,我原本爱你们,而这种爱害了我,也没有给你们带来好处。如今,我厌恶你们了;这种厌恶是洪水,只会席卷枯枝,仅仅冲垮危房。

同胞们,我曾同情你们的软弱,而这种同情却使软弱者变多,使懒散者人数大增,于生活毫无益处可言。如今,我看到你们的软弱,我打心灵深处厌恶、蔑视,禁不住周身颤抖。

我曾为你们的卑躬屈膝而哭泣,禁不住泪水潸然流淌,清澈如同水晶。但是,我的泪流并未洗刷掉你们那厚厚的泥垢,却冲走了我的眼膜;未能润湿你们顽石般的胸膛,反而溶化了心中的焦虑。如今,我面对你们的病痛放声大笑,这笑声如同暴风雨到来之前的惊雷。

同胞们,你们想要我做什么?

你们想要我把你们带到平静的水池边,照一照你们的面容吗?那么请跟我来,看看你们的面孔是何其丑陋吧!

来吧,仔细观看一下吧!心里的恐惧会令你们的头发变得灰白,熬夜会使你们的眼睛变得像黑窟窿,胆怯会把你们的面颊揉搓得像满是皱褶的抹布，死神会把你们的嘴唇吻得像发黄的秋叶。

同胞们，你们对我有什么要求？你们对生活有什么要求？而生活已不再把你们当作它的儿女。

你们的灵魂在算命先生、巫师术士的手心里颤抖，你们的肉体在暴君、刽子手的犬齿间战栗，你们的国家在敌人和征服者的脚下打战，你们有何希望面对太阳而站？

你们的宝剑已在鞘中生锈，你们的长矛折断了头，你们的盾牌被埋在土里，你们怎能上战场杀敌？

你们的宗教是假装神圣，你们的今世是诡称冒充，你们的来世是烟云掠空。既然死亡是不幸者的安乐所在，你们为什么还要活着？

生命是一种意志，伴陪着青春年少；生命是一种勤奋，紧紧与壮年相随；生命是一种智慧，总是跟从着老年。你们呢，同胞们，你们生来就已老朽无能，继而头脑变小，皮肤收缩，竟变成了一群在烂泥里滚爬、相互投石的顽童。

人类是一条水晶河，夹带着大山的秘密，奔腾歌唱着注入大海。你们呢，同胞们，你们却是臭沼泽地，那里蛆虫遍生，毒蛇横行。

心灵是一柄神圣炽燃的蓝色火炬，吞噬干柴，借风壮势，照亮神的面孔。而同胞们，你们的心灵却是灰烬，又被暴风挥洒在山谷中。

同胞们，我厌恶你们，因为你们不喜欢尊荣、庄重。

我卑视你们，因为你们不敬重你们自己的心灵。

我敌视你们，因为你们与神为敌，而你们自己全然不知，无动于衷！

我们与你们

我们是忧愁之子,你们是欢乐之子。

我们是忧愁的儿子,忧愁是神灵的身影,神灵不在邪恶身旁滋生。我们生有痛苦的心灵;痛苦巨大,小小心灵无地可容。欢乐的人们哪,我们号哭,我们悲痛。谁用自己的眼泪洗澡,他将永远洁净。

你们不认识我们,而我们了解你们。你们顺着生活的急流匆匆而去,从不回头望望我们;而我们,则坐在河畔,能看到你们的身影,能听到你们的脚步声。你们听不见我们的呐喊,因为岁月的嘈杂声充斥了你们的耳间;而我们,则能听到你们歌唱,因为黑夜的低声细语启迪了我们的听觉器官。我们能看到你们,因为你们站在黑暗里的光明之处;你们则看不见我们,因为我们坐在光明中的黑影之间。

我们是忧愁的儿子。我们是圣贤,我们是诗人,我们是乐师。我们用心中的丝线为神灵编织衣衫,我们用胸中的种子充满天上的谷仓。你们是欢乐的儿子,你们把自己的心置放在幽静之神的手中,因为它的手指柔软;你们乐意离群索居,因为房中没有镜子能照出你们的容颜。

我们叹息,花儿喊喊,树枝沙沙,溪水淙淙,和着叹息一道升腾;而你们,则在微笑,口里泄出的尽是嘲弄讥讽,酷似蛇毒注入人的伤口中。

我们啼哭，因为我们目睹了寡母的不幸、孤儿的可怜；你们微笑，因为你们的眼里只有黄金闪光。我们垂泪，因为我们耳闻了穷人的呻吟、被压迫者的呐喊；你们欢乐，因为你们听到的只有铿锵杯盏。

我们悲哀，因为天主将我们的灵魂与躯壳割裂分离；你们欢乐，因为你们的躯体附着大地。

我们是忧愁的儿子，你们是欢乐的儿子。来吧，将我们的忧愁根源和你们的欢乐果实一起放在太阳神面前。

你们用奴隶的骷髅砌起了金字塔；至今，金字塔依旧巍然屹立在大漠之上，向历代人倾述着我们的永恒与你们的灭亡。我们用自由者的手臂捣毁了巴士底狱；各民族人们重复着巴士底狱这个名字，祝福你们，诅咒我们。你们在懦弱者的躯体上筑起了巴比伦空中花园，你们在壮士的坟墓上建造了尼尼微宫殿；如今，巴比伦、尼尼微却成了广漠上骆驼足迹的友伴。我们以玉石雕成阿施塔特像，如今，玉石静立思动，无声欲言。我们拨动琴弦，欢奏纳哈万德曲，乐曲唤来了知音者们那盘旋翱翔在广阔蓝天上的灵魂。我们用线条和色彩画出了马利亚的肖像，色彩犹如天使的情感，线条酷似神灵的思想。

你们身不离娱乐场，而娱乐场的魔爪在罗马和安塔基亚的舞台上葬送了多少壮士；我们喜欢寂静，寂静的手指写出了《荷马史诗》《约伯记》和《特韵长诗》。你们与淫荡之神共枕同眠，淫荡风暴将上千支妇女灵魂的队伍卷入了耻辱、败坏的深渊；我们崇尚离群索居，在幽静的环境里，成就了《悬诗》《哈姆雷特》和《神曲》名篇。你们与贪婪之心促膝夜谈，贪婪之剑造成了千条血河；我们始终驰骋想象之力，以幻想之手从高天光环采来了智慧花朵。

我们是忧愁之子，你们是欢乐之子。我们的忧愁与你们的欢乐之间障碍重重，羊肠小道崎岖艰险，你们的宝马华车无法通行。

我们同情你们的心胸狭窄，你们却憎恶我们的豁达坦然；站在我们的同情与你们的憎恶之间，时光老人也会感到难堪。

我们接近你们，将你们当作朋友，而你们却攻击我们，把我们看成敌人；友好和敌对之间隔着一条鸿沟，沟中尽是眼泪和污血。

我们为你们建造宫殿，你们却为我们挖掘坟坑；堂堂宫殿与黑暗墓坑之间，人类以铁脚穿行。

我们用鲜花为你们垫路，你们却用蒺藜为我们铺床；真理在鲜花和蒺藜之间久睡长眠。

起初，你们以粗野的软弱对付我们温柔的刚强。你们一时压倒了我们，青蛙似的鼓噪鸣唱；而我们永远战胜了你们，却像巨人，默不作声。你们把耶稣钉在十字架上，站在四周，嘲笑、亵渎他；但是，时隔不久，耶稣从十字架上下来，巨人般地走去，以灵魂和真理制服人们，将他的尊荣、仁慈洒满人间。

你们毒死了苏格拉底❶，以石击死了保罗，杀死了伽利略，暗害

---

❶ 苏格拉底（前469—前399），古希腊哲学家。他认为自然界是神按一定目的创造的，是神智慧的体现；反对研究自然，认为那是干涉神的事情，是亵渎神灵；提出"自知自己无知"的命题。

了阿里·本·艾比·塔利卜,绞死了米德哈特帕夏;如今,这些人像凯旋的伟大英雄豪杰,永远活在世人的心里。然而你们,却像覆盖着尘土的僵尸一样留在人们的记忆里,不知是谁把你们埋葬在淡忘与空荡的黑暗之间。

我们是忧愁的儿子,忧愁是乌云,把吉祥、智慧雨露降在人间大地;你们是欢乐的儿子,欢乐像烟柱,随时可因微风吹拂、外力推拉而变得无影无踪。

神子与猴孙

时代多么奇怪！我们多么奇怪！时代变了，我们也变了。时代前进了，也带着我们前进了。时代揭去自己的面纱，令我们忘却忧烦，笑逐颜开。

昨天，我们还在埋怨、畏惧时代；今天，我们却对它珍惜、喜爱，而且晓得了它的意愿、气质，知道了它的秘密、奥妙所在。

昨天，我们还在小心翼翼地爬行，如同阴森夜里、恐怖日间战栗的人影；今天，我们满怀激情，向山巅挺进，那里潜藏着狂烈风暴、耀眼电闪、震耳雷鸣。

昨天，我们吃着和血的面包；今天，我们从晨姑娘手里接过美味佳肴，畅饮着芳香四溢的玉液琼浆。

昨天，我们是司命之神手中的玩具，司命之神是条醉汉，将我们左右摆弄；今天，醉汉已经清醒，我们逗他笑，哄他玩，欢乐与共。

昨天，我们在偶像前烧香，在怒神前宰牲上供；今天，我们为自己焚香宰牲，因为至大至善之神的庙宇已建在我们的心中。

昨天，我们屈从君主，在权贵面前俯首；今天，我们只向真、善、美热诚折腰。

昨天，我们在星相家面前垂泪，畏惧阴阳家的胡言；今天，时代变了，我们也变了，我们只看太阳光焰，只听大海歌唱，只伴狂飙起舞。

昨天，我们拆毁灵魂里的凉亭，为先辈建造坟墓；今天，我们的灵魂变成神圣祭坛，故魂难以靠近，朽手不能触摸。

昨天，我们只是沉默的思想，隐匿在被遗忘的角落；今天，我们变成了巨大响声，整个寰宇为之震动。

昨天，我们是灰烬下的星星之火；今天，我们变成了燎原大火，怒燃在山谷斜坡。

有多少夜晚，我们不能安眠，头枕泥土，身盖雪片，痛哭失去的佳运和友伴。有多少白天，我们像无人牧放的群羊，卧在地上，啃食我们的思想，咀嚼我们的情感，然而依旧饥渴难言。有多少时辰，我们站在逝去的日夜之间，哀号凋零的青春，惊问为何如此孤单；我们凝视着空荡漆黑的苍穹，静听死一样沉寂中的悲叹。

无数代人，像出没墓地的群狼一样飞闪而过；如今，天空晴朗，我们早已清醒，可高枕安度良宵，任想象纵横驰骋。火把在我们周围晃动，伸手可触；鬼魂在我们四周升腾，气息可闻；天神乐队在我们面前经过，我们欢欣陶醉。

昨天，我们是那样；今天，我们的情况变了。我们是神的儿子，这是神给予我们的希望。猴孙们，猴子对你们有何祝愿？

自打你们从地缝里钻出来时起，你们可曾前进过一步吗？自打魔鬼扒开你们的眼睛时起，你们可曾抬眼向上看过一次吗？自打毒蛇吻过你们的嘴巴时起，你们可曾说过一句真理吗？自打死鬼塞住你们的耳朵以来，你们可曾听到过生命之神的歌声吗？

七万年之前,我看到你们像虫子一样,在山洞里爬来滚去。

七分钟之前,我透过玻璃窗望去,发现你们正在骷髅胡同里行走,无名鬼为你们带路,奴隶的镣铐羁绊着你们的手脚,死神在你们头上耀武扬威,振翅鼓翼。

你们的今天,就像你们的昨天,也将成为你们的明天。你们将永远像七万年前那样生活下去。

我们昨天是那样,今天迥然不同,这是神赐予神子的福分。猴孙们,猴子对你们有何恩赐?

黑夜与黎明之间

你莫作声,我的心!宇宙听不到你的声音。

你莫作声,我的心!哀号者听不进你的声音。

我的心呀,你莫作声!夜下的人影不会留心你的低声细语。黑暗组成的大军不会冲击你的美梦。

我的心呀,你莫作声!请你侧耳聆听!

我梦见鸵鸟高歌于火山之口。

我看到百合花昂首傲放在雪山之巅。

我看见裸体仙子翩跹起舞于坟墓之间。

我看到儿童们手拿骷髅嬉戏耍玩。

我在梦中看到了这些情景;当我醒来之时,四下环顾,唯见火山爆发,不见鸵鸟展翅,更听不到鸟儿啼鸣。

我看到天上飘下雪花,落满田间谷地,白色敛衣裹住了百合花那僵直的躯体。

我看到沉寂时代面前,坟墓成行,那里既无人轻歌曼舞,也无人祈祷下跪。

我看到骷髅堆成的山丘,那里只能听到风声,听不见人的欢笑。

我醒来所看到的全是痛苦和忧伤,梦中的欢悦究竟奔向了何方?

睡梦里的欢乐是何时消失的?梦境中的画面为何不见踪影?灵魂怎样忍耐,何时才能盼到理想重现于梦中?

我的心啊，请你侧耳聆听！

昨天，我的灵魂是一株挺拔的老树，根扎大地之腹，枝插云天之外。

我的灵魂之树春季开花，夏季结果；秋来之时，我将果子放在银盘里，置于道路中间，供过路行人取而食之，然后各自登程。

秋天过去，秋歌变成痛哭与哀鸣。我再次去看银盘，发现那里只剩下一只果子，那是人们留给我的。我拿起那只果子，放在嘴里一尝，只觉味似苦瓜，酸似未成熟的葡萄。我对自己说：

"真倒霉！我送入人们口中的是诅咒，注入人们心田的是敌意。我的灵魂啊，你的根从大地腹内汲取的甜汁贮存在何处？你的枝条从太阳光中吸取的麝香放在哪里？"

之后，我将我的灵魂之树连根拔起。

我将灵魂之树从它生长的土壤里连根拔起，将时光留给它的纪念品全部抛弃。

我又把我的灵魂之树移栽到另一块土地。

我把它栽到远离时光通道的田地里。夜里，我守在树旁，自言自语道："熬夜能使我接近星辰。"我用我的血和泪将它浇灌，并且说："我的泪，味道鲜美；我的血，芳香四溢。"

春回大地，我的灵魂之树又开花了。

夏季来临，它又结果了。

金秋到来，我将成熟的果子放在金盘中，置于路口；然而成群结队的过往行人，谁也不曾伸手取果子。

我拿起一个苹果，咬了一口，顿感味甘似蜜，可口似多福河水，

醇美赛巴比伦琼浆,芬芳若茉莉花香。我放声呼喊:

"人们不喜欢嘴里有坑池,也不喜欢腹内藏臼盅;因为坑池是眼泪的女儿,臼盅是鲜血的公子。"

我独坐在我的灵魂树荫之下,我的灵魂之树在远离时光通道的田地上形影相吊。

我的心啊,你莫作声,直至天明。

切莫作声!空气不会吸收你呼出的废气,因为它已被腐尸熏染。

我的心啊,请你留意细听:

昨天,我的思想是一只船,颠簸在万顷波涛之间,随风漂泊,从一个海岸到达另一个海岸。

我的思想之船空空如也,只装着七只杯子,杯里盛满各色颜料,绚丽斑斓,酷似彩虹。

我厌倦了海上漂泊,便说:"我将把我的空空思想之船开回自己出生的祖国的港口。"

我在船两侧涂上落日余晖般的土黄、春葱般的嫩绿、天空似的瓦蓝和晚霞似的血红;在船帆上,画上引人注目的奇异图画。涂画完毕,我的思想之船像先知的梦幻一样,开始遨游在浩渺沧海与无垠长天之间。船驶入祖国的港口时,人们争相迎接,人人欢呼雀跃,个个赞不绝口,只听锣鼓喧天,凯歌高奏,随之将我迎进城里。

他们之所以那样欢乐,是因为我的思想之船外观华丽,但谁也不曾进入船里一看。

也没有人问我从海外带回什么宝物。

谁也料想不到，我竟是空船而归。

那时，我暗自说："我骗了人们，仅用七杯颜料，便瞒过了他们的锐利目光。"

一年过后，我乘我的思想之船再度出航。

我航至东岛，搜集到没药、乳香、龙涎香，将之一一装入船舱。

我航至西岛，带回矿产、象牙、宝石、翡翠和美玉。

我航至北岛，带回锦缎、刺绣和开司米。

我航至南岛，带回铁环铠甲、也门宝剑、长矛利刃和种种枪械。

我的思想之船装满天下奇珍异宝，回到祖国的海港。我说："人们必定将我赞扬，我亦受之无愧；人们必将载歌载舞迎我进城，我亦功有应得，声誉永垂。"

但是，当我抵达港口时，却没有一个人迎接我；我来到大街上，没有一个人瞧我。

我站在广场上，向人们宣布，我带回天南地北的奇珍异宝，人们这才向我投来目光；虽然人人笑意在面，但眼睛里闪现出来的却是嘲弄神情。时隔不久，人们纷纷弃我而去，随之各奔东西。

我心情抑郁、懊丧，无精打采地回到海港，刚看到我的思想之船，便想起一件事情；正是因为这件事，我才又开始了海上远航。

我高声呼喊：

"大海的狂涛冲刷掉了船身上的涂料，我的思想之船露出了船体；风吹、日晒、雨淋剥去了船帆上的图画，使之变成了灰色褴褛衣。"

我把带回来的珍宝装入棺木里，再将棺木推入水里。之后，我回到乡亲们中间。可是，他们都不理睬我，因为他们的眼睛只能看到表面。

就在那时,我丢下我的思想之船,来到死神城,坐在粉饰一新的坟墓中间,开始探索死亡的秘密。

我的心啊,你莫作声,直至天明。切莫开口!狂风正嘲笑你的细语,山谷不会送回你的弦鸣。

我的心哪,你瞧,东方已经破晓。假若你能说话,就请痛痛快快地说吧!

我的心哪,你看,这就是黎明大军。黑夜的寂静可曾给你留下歌曲,让你唱着它迎接黎明?

我的心哪,你瞧,这是鸽子、鸢鸟群,翻飞起舞在山谷上空,黑夜的恐惧可曾给予你强健翅膀,让你陪伴它们在碧空翱翔?

我的心哪,你瞧,牧人赶着羊群,夜下人影可曾给你留下旨意,让你随牧羊人一道奔向绿原草地?

我的心哪,你看,这群青年小伙子,正漫步走向葡萄园。莫非你不想站起来,和他们一起到园中玩玩?

我的心啊,快起来吧,和黎明一道行动!黑夜已经过去,恐怖与梦幻也一消而净。

起来吧,我的心,高声歌唱吧!谁不与黎明一道歌唱,便会永远留在黑夜之中。

麻醉药与手术刀

"他是个极端主义分子,简直到了疯狂的地步。"

"他是个空想主义者,他写东西目的在于毁灭青年的道德。"

"假若已婚男女遵从纪伯伦关于婚姻的见解,那么,家庭支柱就要倾倒,人类联盟大厦就要坍塌,世界将变成地狱,民众必沦为鬼魂。"

"不要看他的文笔多么优美!他是人类的敌人之一。"

"他是个无政府主义者,他是个叛教者。我们奉劝吉祥山上的居民唾弃他的学说,烧掉他的著作,以免其中任何东西粘在他们的灵魂上。"

"我已读过他的《被折断的翅膀》,我发觉那是夹在肥肉里的毒药。"

这都是人们谈论我的话语。他们说对了,我正是个极端主义分子,简直到了疯狂的程度。我的破坏倾向胜过建设倾向。我打内心里讨厌人们所崇拜的东西,喜欢被人拒之门外的东西。假若我能够把人类的传统、习惯和信仰连根拔掉,我会一分钟也不迟疑。至于有人说我的作品是"夹在肥肉里的毒药",则自有话语揭开藏在面纱之后的事实——赤裸裸的事实则是,我不但没有往肥肉里夹毒药,反而将夹在肥肉里的毒药取了出来,而且我把毒药倒在了干净透明的杯中。

那些在他们自己的灵魂面前向我道歉,说什么"他是个空想主义者,常遨游在乌云之间"的人,正是他们凝目注视着那透明杯中的闪闪放光的东西,放弃了其中被他们称为"毒药"的饮料,因为他们的胃口太弱,无力消化它。

也许这段引言显得粗糙冒昧。可是,冒昧加粗糙不是比背叛加光滑更好一些吗?冒昧毕竟是自我表现,而背叛则穿着他人剪裁的外衣。

东方人喜欢蜂蜜,以为除了蜂蜜别无美食。他们吃蜜过多,甚至他们本身也变成了蜜,变成了在火前流动,只有放在冰块上才凝固的蜜。

东方人要求诗人燃烧自己作为香,供在他们的君王、统治者和大主教面前。东方的天空已布满从御座、祭坛和坟茔边升起的烟云,然而他们还不满足。在我们这个时代,有能与穆台奈比[1]相媲美的赞颂诗人,有与韩莎[2]相似的悲悼诗人,有大大胜过莎菲丁·哈里[3]风雅的贺喜诗人。

东方人要求学者研究其父辈及其祖辈的历史,要求学者深入研究他们的遗迹、习惯和传统,在他们那些冗长的语言、纷杂的派生词语和名目烦琐的修辞中消磨自己的日日夜夜。

---

[1] 穆台奈比(915—965),古代阿拉伯著名诗人。
[2] 韩莎(575—664),古代阿拉伯著名女诗人。
[3] 莎菲丁·哈里(1277—1349),古代阿拉伯诗人。

东方人要求思想家在他们的耳边重复白德巴❶、伊本·路世德❷、艾弗拉姆·赛尔亚尼❸和约翰·迪马仕基❹说过的那些话，要求思想家在写作中不要超越愚昧的训诫和拙劣的引导以及二者所引用的格言和经文的界限。其实，谁要沿着那些经文行路，其生命必然像生存在阴影下的柔弱小草；其灵魂也像掺了一点儿鸦片的温水。

简言之，东方人生活在已经逝去的舞台上，喜欢消极的、供消遣的东西，讨厌积极的、纯净的、能够刺激他们，并且促使他们从充满平静美梦的沉睡中苏醒过来的原则和教诲。

东方乃一病夫，遭到种种疾病侵袭，遇重重瘟疫骚扰，终于适应了久病，习惯了疼痛，不仅视瘤疾和病痛为先天特性，而且将之当作上好缺陷，与高尚灵魂和健全肌体密不可分；谁若没有此种缺陷，就被看成被剥夺了天赋之才和完美理想的残疾人。

东方的医生多，常守在病榻左右，为其病进行会诊。可是，他们只给东方开短效麻醉药，只能延长病期，却不能祛病。

精神麻醉剂品种繁多，形式多样，花色纷繁。也许就像疾病相互传染那样，某种麻醉剂生自另一种麻醉剂。每当东方身上增添一种新病时，其医生便为之发明一种新的麻醉剂。

---

❶ 白德巴，阿拉伯文学名著《凯里来与迪木奈》中的印度哲学家。
❷ 伊本·路世德（1126—1198），古代阿拉伯哲学家、自然科学家、医学家和法学家。
❸ 艾弗拉姆·赛尔亚尼（306—373），东正教神父。
❹ 约翰·迪马仕基（约675—749），古代阿拉伯宗教教育家。

至于导致那些麻醉剂出现的原因，则是多方面的，其最重要者是病人屈从于著名的宿命论哲学，此外还有医生的胆怯，生怕有效药物引起疼痛。

给您举几个有关麻醉剂和镇静剂的例子，都是东方医生们用来治疗家庭、国家和宗教疾病的：由于种种实实在在的原因，丈夫讨厌妻子，妻子也讨厌丈夫，于是夫妻争吵不息，相互打架，彼此疏远。可是，没过一天一夜，男方的亲戚便去找女方的亲戚，相互交换休整过的意见和装饰过的想法，并一致同意让夫妻破镜重圆。于是，他们把女方找来，用令其害羞却不能使其信服的、捏造的训诫迷惑她的情感。而后，他们又把男方找来，用能够软化其思想但不能改变其意志的花言巧语和格言谚语蒙蔽他的头脑。就这样，一对灵魂深处彼此厌恶的夫妻——暂时地——和解了；双方不顾各自的内心意愿，重聚一堂。直至漆皮"脱落"，亲朋们使用的麻醉药失效，男方再次表现出厌恶情感，女方摘下痛苦面纱。可是，那些第一次制造和解的人们，仍要再显身手；而尝过一口麻醉药的人，也是不会拒绝饮上满满一杯的。

人们起来反对暴虐政府或陈旧制度，于是组成一个旨在振兴与解放的改革协会。他们勇敢地发表演说，热情地激扬文字，发表条例和纲领，派遣代表和代表团。然而没过一两个月，我们便听说政府关押了协会的头头，或者给其一个官职。至于改革协会，则已听不见它的什么消息，因其成员已喝过众所周知的麻醉药，均已平静、被降服了。

一伙人反对宗教首领，由于某些带有根本性的问题，他们批评首领本人，否定他的功绩，厌恶他的所作所为，继而威胁他说，他们要改信另外一种近乎情理、更远离空想和迷信的学说。可是，时隔不久，我们便听说国家的谋士们已消除了牧人与羊群之间的分歧，借助神奇麻醉剂的功效，恢复了首领的个人尊严，又将盲目服从回植到了忤逆的被领导者的灵魂之中。

懦弱的受压迫者抱怨强大的暴虐者对自己压迫过甚，邻居却对他说："别说啦！反抗者是要被处剜眼之刑的。"

乡下人怀疑修道士的虔诚与忠良，同伴会对他说："莫作声！书上有言：要听他们说话，莫照他们行事。"

学生反对死记硬背巴士拉和库法学派关于语言的论文，老师便对他们说："懒汉和疲疲沓沓的人在为自己制造比罪过还丑恶的借口。"

少女不肯遵循老妪的习惯，母亲便对女儿说："女儿并不比母亲优越；母亲走过的路，你也正在走。"

青年询问宗教附属物的含义，牧师便对青年说："谁不用信仰的目光去进行观察，谁便在这个世界上只能看到烟和雾。"

就这样，时光日复一日、夜复一夜地过去了。东方人沉睡在自己那柔软的病榻上，间或被跳蚤咬上一口，醒来一分钟，随后又进入梦乡；由于受控于混在血液中、流在血管里的麻醉剂，只得世世代代沉睡下去。当一个人起来，大声呼唤那些酣睡者，使他们的住宅、庙宇和法庭充满喧嚣声时，他们这才开启那被永恒困倦封闭的眼帘，然后打着哈欠，说道："好一个粗鲁无礼貌的年轻人，自己不睡，也不让人家好好睡一觉！"随即合上眼，对自己的灵魂耳语道："他是个不信神的叛教徒，正在毁坏青年人的道德观念，捣毁先辈的大厦，用毒箭射杀人性。"

我曾不止一次自问,我是不是一个拒绝饮服麻醉剂和镇静剂的叛逆清醒者,然而我的灵魂只是用含混不清的词语回答我。可是,当我听到人们咒骂我的名字、厌恶我的主张时,我方才相信自己确实醒着,知道自己没有降服于甜美的梦幻和可爱的空想,而是自求孤独人们当中的一员;生命正带着他们走在满种荆棘与鲜花,又被凶狠豺狼和善歌夜莺包围的羊肠小道上。

假若醒悟是一种美德,那么,我会羞于冒充自是清醒者。可是,它并不是什么美德,而是一种奇妙的现实,突然展现在自寻孤独的人面前;而他们则被一条看不见的线牵引着,边凝神注视它那庄重的含义,边不由自主地跟着它向前走去。

我确信,羞于展示个人的真情实况,那是一种地地道道的虚伪,而在东方人那里却被称作"富有教养"。

来日,文学思想家们读了前面这些文字,会烦躁不安地说:"他是个从阴暗面观察生活的极端分子。只要他总在我们中间,为我们的处境而痛苦、号丧、叹息、落泪,那么,他眼里看到的只能是一片黑暗。"

我要对这些文学思想家们说:"我哭东方,因为在灵床前跳舞是十足癫狂。"

我之所以为东方人哭泣,因为在疾病面前嬉笑是双料愚昧。

我之所以为那可爱的国度哀号,因为在失明的受灾者面前歌唱是盲目呆钝。

我之所以激进，是因为揭示真理的温和主义者只道出真理的一半，而把另一半遮盖在恐怖的幕帘之后，唯恐人们百般猜忌，说三道四。

我看见腐尸，由衷感到厌恶，禁不住五脏六腑翻腾，神慌意乱难耐。我不能面对腐尸而坐，而左放一杯清凉饮料，右置一盘香甜点心。

如若有人想把我的哀号换成欢笑，欲将我的厌恶化为同情，并把我的激进变为温和，那么，他应该让我看到东方人当中有一位公正的执政者和一位正直的立法官，还应该让我看到一位按照自己的教导行事的教长，以及一位用看待自己的眼光去看待自己妻子的丈夫。

假如有人想让我跳舞，听我击鼓吹笛，那么，他应该请我到新郎家去，而不应该把我留在坟茔之间。

金玉其外

赛勒曼先生

  他五十六岁,衣着华丽,身材苗条,皮鞋锃亮,脚穿丝袜,蓄有两撇弯胡,常抽高级香烟。他的手光滑细腻,挂着一根漂亮手杖,把手是镀金的,且镶嵌着宝石。他常在大饭店进餐,那里是显贵名流光顾聚会的场所。他外出游山玩水,坐的是两匹宝马拉的豪华篷车。

  赛勒曼先生没从父亲那里继承到什么钱财,因其父一生贫困,虽先人经过商,但没留下任何财产。

  赛勒曼先生很懒,好逸恶劳,自感地位低下。一次,我们听他说:"我的体格与性格都不适于干活。只有那些性情冷漠、体躯粗壮的人才能劳作。"

  那么,究竟赛勒曼先生是怎样弄到钱财,又是哪路神仙将他手中黄土化为金银的呢?

  那是镀银粪团的秘密之一,依兹拉伊❶曾向我们揭示过,我们将之告诉你们。

  五年前,赛勒曼先生与富孀珐希玛结了婚。珐希玛的亡夫白图莱斯·努阿曼生前是位巨贾,在其同伴中,以兢兢业业、忠诚坚韧

---

❶ 依兹拉伊,希伯来和伊斯兰教神话里的死神。

而著称。珐希玛年已四十有五,而性情、爱好却似十六七岁的少女。现在,她染着头发,画眼描眉,浓妆艳抹。不过,午夜之前,她总是见不到赛勒曼;即使偶尔见面,从先生那里得到的也只是冷酷的目光和暴烈的言词。因为赛勒曼终日忙于挥霍其妻亡夫用辛勤汗水换来的银钱。

艾迪布先生

他是个二十七岁的小伙子。他天生一个大鼻子,两只小眼睛。他的脸总是那样脏,双手沾满墨迹,指甲里积满污垢。他的外衣破破烂烂,衣角上落满油渍及咖啡污迹。所有这些丑陋外观,均非贫穷与饥饿的象征,而只是粗心大意所致。因他心不在此,整日忙于思考精神世界、疑难问题和神学题目……我们听他引证艾敏·君迪[1]的话,他说:"一心不可二用。那就是说,一个文学家不能在操笔的同时又讲卫生。"

艾迪布先生的话多,动辄口若悬河,将一切忘在脑后。据我们所知,他曾在贝鲁特的一所学校念过两年书,从一名师学修辞、作诗、写信及作文。可是,直到今日,他一点儿东西也没发表过,原因是多方面的,其主要者是阿拉伯报业不景气,读者愚昧无知。

近来,艾迪布先生开始致力于古今哲学研究。他同时崇拜苏格

---

[1] 艾敏·君迪(1756—1840),叙利亚诗人。

拉底和尼采❶。他赏识使徒奥古斯丁❷的言论,喜读法国两位启蒙思想家伏尔泰❸和卢梭❹的文章。我们在一次婚礼晚会上见到他,人们围着他放歌纵酒,而他则用他那闻名遐迩的口才,大谈莎士比亚❺的悲剧《哈姆雷特》。另一次,我们见他走在为一头面人物送葬的队伍中,送殡者个个面带忧伤神情,低头缓步行进,而他却以他那人尽皆知的口才,扯谈艾布·努瓦斯❻的咏酒诗及伊本·法里德❼的精神恋爱诗!

艾迪布先生为何活着,在旧书故纸堆里打发日子的目的何在呢?他为什么不弄头小毛驴来,加入足智多谋、强而有益者的行列

---

❶ 尼采(1844—1900),德国哲学家、唯意志论者。他认为自然界和社会中的决定力量是意志,历史的进程就是权力意志实现其自身的过程;人生的目的在于发挥权力,"扩张自我";提出"超人"哲学。

❷ 奥古斯丁(354—430),古罗马帝国基督教思想家,教父哲学的典型代表。他用新柏拉图的哲学来论证基督教教义,把哲学和神学结合起来;提出"理解为了信仰,信仰为了理解"的论点,认为只有信仰上帝才能得救。

❸ 伏尔泰(1694—1778),法国启蒙思想家、作家和哲学家。哲学上,他肯定物质世界是真实存在的,认为宇宙是一架大机器,它是人们认识的唯一对象,一切观念都来自对外界的感觉。他一生创作丰富多样,哲学著作有《哲学通信》《形而上学论》等。

❹ 卢梭(1712—1778),法国启蒙思想家、哲学家、教育家和文学家。在哲学上,他是自然神论者,承认物质世界的存在,但不否认上帝及非物质的灵魂存在。

❺ 莎士比亚(1564—1616),英国诗人、剧作家。他一生共写了37部戏剧、154首十四行诗、两首长诗和其他诗歌。

❻ 艾布·努瓦斯(约762—约814),阿拉伯阿拔斯王朝诗人。他喜饮酒,长于作饮酒诗,有"酒诗人"之称。他的诗热情奔放,辞藻华美,突破了传统诗歌的题材和形式,为阿拉伯诗歌的发展开辟了新天地,对当世及后世的影响很大。

❼ 伊本·法里德(1181—1234),伊斯兰教苏菲派诗人。他曾离群索居15年,写下了大量神秘主义的诗歌。

之中呢？

那是镀银粪团的秘密之一，魔王曾向我们揭示过，我们将之告诉你们。

三年前，艾迪布先生作了一首歌颂穆特朗阁下的长诗，后在哈比卜·赛勒旺家，当着穆特朗的面唱过那首诗。长诗唱完，穆特朗把艾迪布叫到跟前，拍着他的肩膀，微笑着说："孩子，真主保佑你。你真是一位出色的诗人，卓越的文学家呀！我为你这样的人感到自豪！毫无疑问，你将成为东方一位伟人。"

自那时至今，艾迪布的父亲、叔伯和舅舅，无不常常望着他，得意扬扬地说：

"穆特朗不是说过，你将成为一位东方伟人吗？"

法里德贝克

他年近四十，高个子，小脑袋，大嘴巴，前额窄而秃。他挺着厚实的胸脯，伸着长长的脖子，走起路来总是懒洋洋的，而他的脚步却有一种独特节奏，酷似骆驼背负驼轿蹒跚行进。说起话来，他的声音洪亮，气势颇为壮观；假若不认识他，定会以为是某位部长大人在向下属发布有关奴隶事宜的命令。

法里德贝克平时没有什么工作，只是不时扎扎人堆，历数家庭光荣史，宣扬一下自己的高贵血统。他喜欢谈论伟人及英雄的业绩，如拿破仑❶、安塔拉❷等。他特别喜欢武器,收藏了多件珍品,整整齐齐地挂在墙上,但他根本不会使用其中任何一种。

他有个信条:上帝创造了人,并将人分成不同阶层,有的当官,有的伺候人;其中的老百姓是自由驴子,只有主人骑上,它才开始行走;其中的弱者只会握笔,强者才能舞剑。

法里德贝克妄自尊大、目空一切、夸夸其谈、自鸣得意、趾高气扬的原因究竟何在呢?

那是镀银粪团的秘密之一,天使曾向我们揭示过,我们将之讲给你们。

十九世纪的头三分之一年代里,当白什尔·舍哈比❸国王带着一帮人走过黎巴嫩山谷时,曾路经法里德贝克祖父曼苏尔居住的村子附近。那天,天气很热,太阳朝大地射来火辣辣的光箭,几乎将地上的一切烧焦。国王下马后对大家说:"大家都来呀,我们在那棵冬青槲树下歇息一下吧!"曼苏尔得知此事,唤来四邻农夫,告诉他们,国王就在他们的村子附近休息。农夫们带着无花果、葡萄、牛奶、醇酒和蜂蜜,跟随曼苏尔,向那棵树走去。曼苏尔来到国王跟前,俯身亲吻国王的衣角,然后宰了一只羊,并且高声喊道:"这就是我们的国王,是主的恩赐!"

国王见曼苏尔如此慷慨,心中高兴异常,当即赐长袍一件,

---

❶ 拿破仑(1796—1821),法国政治家和军事家,法兰西第一共和国第一执政(1799—1804),法兰西第一帝国和百日王朝皇帝(1804—1814,1815)。
❷ 安塔拉(525—616),古代阿拉伯骑士,七悬诗的作者之一。
❸ 白什尔·舍哈比(1767—1859),黎巴嫩埃米尔。

并说:"从现在开始,我特别任命你为该村长老,你村村民今年免纳钱粮。"

那天夜里,国王离去之后,全体村民聚集在曼苏尔长老家中,异口同声称呼曼苏尔为头领,决心与他同呼吸共命运。

* * *

镀银粪团,金玉其外,败絮其里,但有数不清的秘密,每日每夜都有魔鬼向我们揭示,我们将在时光把我们送入蓝色晚霞中之前告诉你们。现在已是午夜,我们的眼帘已对熬夜感到厌倦,请允许我们安歇,但愿幻梦新娘将我们的灵魂带往一个更加净洁的世界。

梦景

夜幕降临，困神将自己的斗篷抛到地上，我便离开床，向大海走去，暗自心想：大海是不会睡觉的，大海醒着会给不眠的灵魂以安慰。

当我行至海边时，但见雾霭从山顶滑落而下，淹没了岸边，就像一层灰色的面纱罩在一位窈窕少女的脸上。我站在那里，凝神注视翻腾的海浪，侧耳聆听轰鸣的涛声，沉思隐藏在波涛后的永恒力量；它历来能够与暴风一起飞舞，与火山一道爆发，绽现出玫瑰花瓣似的笑容，与溪流同声歌唱吟咏。

片刻之后，我无意中回头一看，忽见三个人影坐在附近的一块岩石上，雾纱遮罩着他们，却又遮盖不住他们。我缓步向着他们走去，仿佛他们有一种吸引力似的，使我身不由己地走向他们。

当我离他们只有几步远时，我停下脚步，定睛注目他们，仿佛那里有一种魔力，凝固了我的意志，却将我灵魂中的想象力唤醒。

那时，一个人影站起来，用仿佛源自大海深处的声音，说：

"没有爱的生活，就像无花无果之树；没有美的爱情，就像无香味之花和没种子之果……生活、爱和美——绝对独立的三位一体，不能改变，不可分离。"

说罢，那人影原地坐下。

之后，第二个人影站起来，用近似于洪水咆哮般的声音，说：

"没有叛逆的生活,就像没有春天的四季;没有真理的叛逆,就像光秃干旱沙漠里的春天……生活、叛逆和真理——三位一体,不能改变,不可分离。"

接着,第三个人影站起来,用惊雷般的声音,说:

"没有自由的生活,就像没有灵魂的肉体;没有思想的自由,就像被扰乱的灵魂……生活、自由和灵魂——三位一体,永恒存在,永不消失。"

后来,三个人影一道站起,用巨大的声音,一齐说:

"爱情及其结晶,叛逆及其后果,自由及其产物——乃主创造的三种表象,主是有智世界的良知。"

当时,周围一片寂静,似乎寂静中夹带着无形翅膀的轻微拍击声及天体的抖动声。我闭上双眼,仔细聆听我听到的那些话的回音。当我睁开眼再次观看时,展现在我眼前的只有弥漫在雾中的大海。我走近三个人影坐的那块岩石,只看见一根蒸汽柱扶摇直上,升入天空。

黑夜里

写在饥馑的日子里

黑夜里,我们相互呼唤。

黑夜里,死神的影子矗立在我们中间。我们呼救,我们呐喊。死神的翅膀将我们遮掩,死神的巨手把我们的灵魂推向深渊,死神极目凝视着遥远的曙光,犹如火炬一般。

死神在黑夜里行走。我们恐惧,我们哭泣,跟在死神背后,谁也不能停下脚步,谁也不敢不跟着死神朝前走。

死神在黑夜里行走,我们跟在后头。每当死神回头一望,我们当中便有千人倒在路旁。倒下的人长眠不醒;未倒下者,屈从死神的意志,继续走向前方,而且知道自己也要倒下去,极目凝视着遥远的曙光。

黑夜里,哥哥呼唤弟弟,父亲呼唤儿子,母亲呼唤孩儿。我们人人饥饿难忍,筋疲力尽,苦苦挣扎。至于死神,则既不饿,也不渴,因为它吞食着我们的灵魂和肌体,吮吸着我们的鲜血和眼泪,但总也吃不饱,喝不足。

头更里,孩儿呼叫母亲说:"妈妈,我饿。"母亲回答:"孩子,忍耐一会儿吧!"

二更天,孩子又喊妈妈:"妈妈,我饿了,给我块面包吧!"母亲回答道:"孩子,我们没有面包。"

三更里,死神走过母亲和孩子的身边,拍翅抽击母子俩,母子倒在了路旁。至于死神,则朝前走去,极目凝视着遥远的曙光。

清晨,男人走向田间寻找食物,发现那里只有石头和泥土。

正午,男子回到妻儿身边,精疲力竭,空手而还。

夜里,死神经过夫妻儿女身旁,发现他们都已躺在地上,进入梦乡。死神笑着走去,极目凝视着遥远的曙光。

清早,农夫离开茅屋向城里走去,口袋里装着母亲和姐妹的首饰,打算卖掉首饰,换取面粉。傍晚,农夫回到村里,手中既没食物,亦无首饰,发现母亲和姐妹都已躺在地上。她们的眼睛仍然望着远方。于是,农夫张开双臂,飞向天空,然后落到洼地,就像猎手射中的鸟儿一样。晚间,死神经过农夫及其母亲和姐妹的身旁,发现他们俱已倒在地上,便微笑而去,极目凝视着遥远的曙光。

黑夜里,黑夜没有止境,我们呼唤行走在白日光明中的人们,你们可听得到我们的声音?

我们将死者的灵魂派遣到你们那里当使者,你们可听得到他们的言语?

东风带走了我们的灵魂,是否已到达你们那遥远的岸边,将重载卸到了你们的肩上?当你们知道了我们的处境,是前来搭救我们,还是无动于衷,说:"处在光明之中的人能为身陷黑暗者做点什么?承蒙天意,就让死者掩埋死者。"

正可谓天意如此。

但是,难道你们就不能使你们的灵魂高尚,更高尚?上帝使你们顺从天意，成为我们的助手。

黑夜里，我们互相呼唤。

黑夜里，哥哥呼唤弟弟，母亲呼唤儿子，丈夫呼唤妻子，情哥呼唤情妹。我们的声音彼此交融，直升太苍；死神暂停脚步，讥笑我们，蔑视我们，然后走去，极目凝视着遥远的曙光。

龋齿

我口里有一颗龋齿,千方百计折磨我的神志。白日里,它静静伏兵以待;黑夜里,牙科医生安歇,药房闭门,它便猖獗一时。

一天,我终于忍无可忍,于是走访医生。我对医生说:"请拔除我这颗龋齿吧!它使我尝不到睡梦的香甜,将宁静的夜晚化成了呻吟和吁叹。"

医生摇头说:"倘若能够医治,千万不要拔掉龋齿。"

说完,医生动手钻磨、清洗,除掉龋齿上的病迹;直到再无虫蛀部分,便在牙洞间填以真金。之后,医生夸口说:"病牙已经变得坚固结实,胜过了你那健康的牙齿。"我相信他的话,递上一把第纳尔,高兴地和牙医告辞。

一周未过,这颗倒霉的牙齿又来折腾我。它驱散了我心中的歌,代之注入从临死者发出的喉鸣和深渊中传来的啼哭声。

我走访另一位牙医。我坚决地说:"请拔掉这颗填金的坏牙吧!不要犹豫,不要迟疑!'挨棍子打的人不同于数棍子数的人'。"

医生动手拔牙。那是剧烈疼痛的时刻,然而也是吉祥欣喜之时。

医生拔下那颗病牙,仔细检查。之后,对我说:"对,应该拔除,病在牙根,已经没有希望治愈。"

那天晚上,我安然入睡,睡得恬适酣畅。因此,我深深感激这拔除之功。

在人类社会的口中，有许多龋齿，虫疾蔓延，直蛀其颌。但是，人类社会却不拔除这些病齿，以求摆脱痛苦，而是满足于治疗调理，清洁表面，用闪光的金子填充牙洞。

有多少医生，只用华丽的涂料、光亮的金属来装饰人的牙齿！有多少患者，屈从于好心医生的意愿，呻吟着接受调治，受骗而死！

然而，病死的民族不能复生，无法向公众阐述精神病因，也不能讲明置诸民族于死地的社会疾病的症结。

在叙利亚民族的口中，生着肮脏发黑的龋齿，散发着恶臭。医生们对这些龋齿进行清洗，填充磁粉，外裹上金壳，均无济于事；要想治愈，除非连根拔掉。生着龋齿的民族，其肠胃甚弱。世界上因消化不良而衰亡的民族，数不胜数。

谁想看看叙利亚的龋齿，请到学校去。在那里，未来的人们可以弄清艾河法士的那些话来自西伯维，而西伯维则是从驾驼轿的人那里听来的。

或者到法庭去。在那里，杂技式的才智戏弄诉讼案件，就像猫戏逗捉来的老鼠一般。

或者到穷人家里去。那里充满恐惧、怯懦和愚昧。

此后，再去访问牙医。牙医手指轻柔，机械精密，麻药齐备。他们天天都在填补龋齿的窟窿，清洁有病部位。如果想和他们谈谈，吸收他们的才智，就会知道他是才子和雄辩家。他们组织协会，举行会议。他们在俱乐部、广场发表演说。他们谈话的声调和谐，比石磨的声音悦耳，较七月夜下的蛙鸣高亢。

但是，倘若有人对他们说，叙利亚民族正用龋齿吃着赖以生存的食物，口口食物都混杂着有毒的唾液，会引起肠胃病，牙医们就会回答说："是的，我们正在研究最新药品和最新麻醉剂。"

有人对牙医们说："你们何不连根拔除龋齿？"他们会取笑他，说他没有对深奥的牙医进行研究。

假如再要问下去，牙医们便会远远离去，并且厌烦地自言自语："在这个世界上，幻想家何其多！他们的梦想又是多么美妙啊！"

节日的夜

夜幕降临,黑暗笼罩了城市,公馆中亮光闪烁。人们涌向大街,个个身穿节日新衣,人人面带着欣喜自足神采,呼出的气中也散发着饭菜和酒腥气味……

我独自漫步,远避拥挤与嘈杂,思念着节日的主人。

我想着那位若干代人的圣贤,生于贫困,毕生生活清苦,最后被钉死在十字架上……

我想到,在叙利亚的一个小村子里,一个完美灵魂点起的那柄火炬,超越飞鸟,穿过一个又一个文明时代……

我来到公园,坐到一条木椅上,透过光秃秃的树枝条之间,向拥挤的大街望去,远远地听赏着行进在嬉戏、闲逛队列中庆祝节日的人们唱出的欢乐歌声……

一个时辰的思考与梦幻过后,我回头一看,只见一个男子坐在我的旁边,手里拿着一根棍子,正用棍端在地上画着模模糊糊的线条……我心想:他像我一样是个孤独汉。我仔细打量他的外貌,但见他衣衫褴褛,头发蓬乱;虽然如此,却不乏庄重、严肃气质……似乎他已觉察到我在打量他的外貌,于是转过脸来,用深沉稳重的声音说:"晚安!"我随后还礼:"晚上好!"

之后,他又用棍子在地面上画了起来。我很喜欢他的声调,片刻过后,我又问他:"你不是本城人吧?"

他回答:"在本城我是个异乡客;在每座城市里,我都是异乡人。"

我说:"在这样的时节里,人们之间亲热、和气、关心、同情,就连外乡人也会忘却寄居他乡的压抑与寂寞。"

他说:"在这样的日子里,我感到比平日更加寂寞苦闷。"

说完,他目光转向灰暗天空,双眼圆瞪,双唇颤抖,仿佛从天幕上看到了遥远故乡的影子。

我说:"这时节,人们相互关心,富人念穷汉,强者怜弱夫。"

他说:"是啊,富人对穷人的怜悯,只不过是一种自爱;强者对弱夫的同情,不过是一种炫耀优越感的形式罢了。"

"也许你说得对。"我说,"可是,强大的富人心中的愿望和爱好,与柔弱的穷人有何相干呢?可怜的饿汉梦想得到的是面包,而不会去想做面包时如何揉面。"

他说:"受赠者不考虑什么,而施主则应该三思。"

他的话令我惊异。我再次端详他那奇异外貌和破烂衣衫……

一阵沉默之后,我望着他,说:"看来你很是饥馑,何不去要一两个迪尔汗❶呢?"

他的双唇间绽出苦涩的微笑。他回答道:"是的,我确实正遭受饥馑之苦,但我需要的不是钱。"

"你需要什么?"我问。

"我需要一个栖身之地……需要一个头靠一靠的地方。"他回答。

"从我这里拿两个迪尔汗,到客栈开间房子去。"我说。

---

❶ 迪尔汗,币名。

"我去过本城每一个客栈,没找到一间空房;我敲过每家的门,没看到我的一位朋友;我进过每个饭堂,没人给我一个面包。"他说。

我心想:好怪的年轻人,说起话来,时而像个哲学家,时而又像个疯子!

可是,"疯子"一词刚刚敲击我的灵魂的耳膜,他便凝目注视着我,提高声音说:"是的,我是疯子。像我这样栖身无地、饥而无食的异乡人都是疯子。"

我更正想法,乞求宽恕道:"请原谅我的猜测。我不晓得你究竟何许人,只觉得你的话新奇,能否接受我的邀请,和我一起到我家过夜呢?"

"你家的门,我敲过千百次,没人给我开呀!"他说。

我确信他是疯子,于是说:"现在去吧,到我家过夜去吧!"

他抬起头来,说:"假若你知道我是何许人,你是不会邀请我的。"

"你是何许人?"我问。

他声如洪水咆哮回答:"我是革命,专兴各民族之所灭;我是暴风,专摧历代所立之偶像;我来到大地上,是为了抛剑,而不是为了丢弃和平。"

他站起来,但见他身材修长,面放光芒,伸展双臂,双掌上显现出钉痕。我立即跪在他的面前,高声呼唤:"耶稣基督……"

当时,我听他说:"世界都把我的名字及岁月围绕着的我的名字叙说的传统作为节日来庆祝。而我呢,却是个异乡客,游荡在大地的西方和东方,百姓们无人知晓我的真实情况。"

狐狸有穴,天鸟有巢,人类之子却无一枕之席。

其时,我翘首远望,眼前只有一炷香,传入耳际的只有发自永恒世界深处的夜的声音。

巨人

用墨水书写与用心血书写大不相同。

烦恼造成的沉默不同于痛苦酿就的无声。

至于我,我已沉默无语,因为世界的耳朵已避开弱者的轻声细语、低沉呻吟,转而倾听深谷的痛哭、号啕、呐喊、喧嚣。当隐藏在天良中的那种醉心于以大炮当舌、弹药当词语的力量讲话时,弱者理当缄默。

我们正处于这么一个时代:其最小的微不足道之事也比你们干的大事大;扰乱我们的思想、意向、情感的事情,已隐没在暗影之中;嘲弄我们的见解和原则的疑难问题,已隐匿在面纱之后。至于那美妙的欢梦和蹒跚在我们直觉舞台上的清丽的身影,也已云消雾散,代之而来的是行走如风、起伏若海、呼吸似火山的巨人。

巨人们之间的争斗结束之后,世界会走向何方?

村夫能回到田间,在死神种下骷髅的地方播种子吗?

牧人会将牲畜赶到地面被矛刺破、水源混合着血浆的草原去吗?

信徒会在群魔乱舞的寺庙里顶礼膜拜吗?诗人会在烟雾掩映的晨光中吟诗作赋吗?

母亲能安坐婴儿床边,不再为明天担惊受怕,从容不迫地哼吟摇篮曲吗?

情侣能在敌对双方搏斗厮杀过的地方拥抱接吻吗?

四月还会重返大地，用它那绚丽的衣衫来遮掩大地那挂彩的肢体吗？

你们的祖国和我的祖国会走向何方？哪位巨人将占领我们在阳光下长大成人的丘陵、高原呢？

叙利亚将被抛入狼、猪圈，还是被暴风卷进狮穴、鹰巢呢？

黎明的曙光还会升上黎巴嫩的山巅吗？

每当我孤独幽居时，我总是向自己提出这些问题。但是，灵魂如同天命，它能看而不能说话，只顾向前走而不回头；它虽然眼明腿快，却笨嘴拙舌。

众人啊，在你们中间，谁不日夜自问：巨人戴上用孤儿寡母眼泪织成的面罩之后，地球及人类的命运将会怎样？

我素来喜欢探索发展和进化的规律，据我所知，发展、进化规律不仅适用于抽象存在，而且适用于具体存在；无论是宗教还是政府，都依此规律渐臻完善，犹如万物之适应性日益增强。至于倒退则只见外貌，衰败则仅在外表。

进化规律这棵大树，其枝杈繁多，互不交织，然而俱生自同根。但是，此规律的外观显得残酷、暴虐，为狭隘的思想所不承认，为软弱的心所弃绝。此规律的内部，却是正大光明之至：它坚持比众人的权力更加高尚的权力，它向往比众人的目标更加高的目标，它倾听被淹没在恐惧和甜言中的难民的叹息和呻吟。

在我的周围，到处都是侏儒，他们从远处争相观看巨人的身影。他们在睡梦中听到巨人喝彩的回声，便青蛙似的跳到了原始时代。

数代人用知识和艺术建造起来的大厦，已被野蛮人的贪婪、自私所毁坏。如今，我们像山顶洞人一样，不同的只是创造了用于毁坏的机器和用于制造死亡的阴谋诡计。

侏儒们将科学家的良心同自己的良心进行了比较，并且用保护个人生存的思想对生存的目的进行了一番分析之后，才说出了这几句话：仿佛太阳只是为了供他们取暖而存在，似乎大海的存在也只是为了供他们洗脚。

巨人像风，从生活内部、视野之后、造化深处，从一切保存宇宙秘密的地方冲出来，乌云似的上升，与大山交会。如今，巨人们相互争斗，来解决地球上的难题。

至于人类和人类脑海中的一切知识、学问以及他们心中的爱与憎、忍耐与苦衷，则都是巨人们顺手取来玩耍的东西，借以达到自己的神秘目的。

淌出的鲜血，将流成天堂里的多福河；洒落的泪水，将生出芳香四溢的花朵；逝去的灵魂，将成群结队升上遥远的天际，化成新的曙光。人们终于懂得了自己从苦难集市买到了真理；为真理而不惜钱财的人，是不会亏本的。

四月必将重返人间，但是，谁不从冬翁掌中索求四月，必定一无所获。

亲人之死

我的亲人死了，我还活着，孤独地哀悼我的亲人。

我的友伴死了，在他们之后，我的生活也面临着他们经历过的种种灾难。

我的亲人死了，我的友伴死了，眼泪和鲜血浸透了祖国的高原。在这里，我像亲人、友伴活着的时候那样生活；当时，祖国的高原沐浴着太阳的光焰。

我的亲人死了，不是饿死，便是亡于刀剑。在这个遥远的国度里，我生活在自由、欢乐的人们中间。他们吃食香美，饮料可口，床铺光滑柔软。他们望着岁月笑意盎然；岁月望着他们，春风满面。

我的亲人死得真惨，而我却在这里活得舒适安然。这是一幕永恒的悲剧，常在我心灵的舞台上重演。

假若我也在饥饿的亲人中间忍饥挨饿，在苦难同胞中饱受摧残，那么，白昼的脚也会轻踏我的胸前，黑夜在我眼里也不至于如此暗淡。因为与亲人共患难，会让人感到欣慰；与无辜者同遭灾，会令人引以自豪。

但是，我没有能够与亲人一道同受饥寒之苦，没有跟随他们的队伍共赴灾难，而是幽居重洋外，生活宽裕悠闲。在这里，我远离祸殃和灾民，毫无引以自豪、炫耀之处，只得泪垂胸前。

远方避难的人能为饥馑的亲人做些什么？

但愿我能知道，诗人的痛哭哀号究竟有何用。

倘若我是生长在祖国大地上的一个麦穗儿，那么，饥饿的儿童可以将我采摘，用我将死神之手推开。

倘若我是祖国果园中的一颗成熟之果，那么，饥饿的妇女可以拿我填充饥肠。

倘若我是飞翔在祖国蓝天中的一只鸟，那么，饥饿的男子可将我生擒，用我的躯体驱散他身上的坟荫。

但是，事不随心，我既不是叙利亚平原上的麦穗儿，也不是黎巴嫩山谷中的熟果。这就是我的不幸，这就是我的无声灾难，它使我在自己的灵魂里变得渺小，在黑夜的阴影中变得卑贱。

这是一幕凄凉的悲剧，令我张口结舌，束手无策，失去理想，无所事事。

人们对我说：你的祖国所面临的灾难，只不过是世界灾难的一部分。你的祖国淌出的血和泪，只不过是日夜奔腾在地球的山谷和平原上的血泪河中的几滴。

是啊！但是，我国的灾难是无声的灾难——我国的灾难竟是毒蛇们带来的罪孽所造成的——我国的灾难是没有乐曲、没有场面的无声悲剧。

假如我国人民因起来反抗他们的暴虐君王而全部壮烈牺牲，那么我会说，为自由而死胜过屈辱而生；握剑而死，死得光荣。

假如我的民族参加了战争，而且全部战死在沙场上，那么我会说，那是风暴，将绿干枯枝一道摧折。夭折在风暴之中，比寿终正寝更加高贵可敬。

假如地球上发生了地震，我国因之地覆天翻，房倒屋塌，泥土埋没了我的亲朋，那我会说，这是内在规律，人力无法抗拒，要了解其秘密也不可能。

可是，我的亲人既非死于反抗，更不是葬身于地震，而是惨死在屈辱之中。

我的亲人死在十字架上。

他们死时，手掌伸向东西两方，目光凝视着黑暗的苍穹。

他们默默而死，因为人们的耳朵已被封住，听不到他们的呐喊声。

他们死了，他们既不像胆小鬼那样向凶狠的敌人屈服，也不像忘恩负义的人那样背弃好友良朋。

他们死了，因为他们没有当罪人。

他们死了，因为他们没有反抗压迫。

他们死了，因为他们主张讲和。

他们饿死在盛产牛奶和蜂蜜的地球上。

他们死了，地狱之蛇吞食了他们田野上所有的牲畜，吞食了他们谷仓内的全部食粮。

他们死了，蛇的子孙将毒汁喷洒在充满玫瑰、茉莉芳香的天空。

我的亲人死了。叙利亚人啊，你们的亲人也死了。我们能为活在人间的人们做些什么呢?

我们的哀号不能填饱他们的饥腹，我们的眼泪不能消除他们的口渴。为了把他们从饥饿、危难中拯救出来,我们能做点什么呢?

难道我们能够犹豫、彷徨、懈怠,置巨大悲剧于不顾,一心忙于生活的琐事吗?

我的叙利亚兄弟,把你的部分生活用品献给失去生计的人们,这是你唯一能够做到的事情,会使你昼夜之间感到心地安然。

有人向你伸手,你就给他一分钱;这一分钱,就是一个金环,可把你与高尚人格紧紧连接。

民族与民族性

民族是性格、爱好、见解各不相同的人们的集合体，并由一种比性格更强烈、比爱好更深刻、比见解更广泛的精神联系，将他们统一起来。

宗教的统一，也许是构成这种联系的一些线。但是，信仰的差异却拆不开民族联系，除非这种联系像在某些东方国家那样脆弱。

语言的统一，也许是这种联系建立的根本原因。但是，也有许多国家的人们，虽然他们的政治观点、社会制度各不相同，却讲着同一种语言。

血统的统一，也许是构成联系的基础。但是，历史上有许多例子，同一个民族，却相互敌视，自相残杀，从而造成离心离德、东逃西散、骨肉分家。

物质利益，也许是这种联系的编织机。然而，也有许多这样的国家，那里的民众不去创造他们的物质财富，而成年累月陷在无休止的争论之中。

那么，何为民族联系？民族之根生长的土壤是什么呢？

关于民族联系，我有一种观点，也许有的思想家认为出奇，因其根源与结局均不可知。

我的看法如下：

每一个民族都有一种公共民族性，其实质类似于一个人的个性。

这种民族性源于国民的个性，如同树木的生命源于水分、土壤、阳光和温度；但是，这种民族性独立于民族之外，有其特有生命和独立意志。个性究竟产生于什么时候，我难以确定；同样，也无法断定民族性出现的时间。我觉得，譬如埃及的民族性在尼罗河畔的第一个国家出现之前至少五百年就已形成；埃及的艺术、宗教及社会现象，都是从那种民族性中滋生出来的。我关于埃及的这种观点，同样也适用于亚述、波斯、希腊、罗马、阿拉伯及其他新兴国家，即中世纪结束之后出现的那些国家。

我说过，公共民族性有其特有生命。是的，因为任何一种生物都有其一定寿命，所以民族性也有其一定不可超越的寿限；这正像一个人，由童年至青年，再到壮年、老年，民族性也由蒙着睡眠面纱的黎明时的苏醒开始，到披着阳光的午间、穿着烦恼衣服的晚间及沉浸于困倦之夜的苏醒，直到进入深深的长眠。

希腊的民族性觉醒于公元前十世纪，坚定起步于公元前五世纪。当它到了基督时代时，已经厌恶了苏醒之梦，于是躺在永恒的床上睡着了，拥抱着永恒之梦。

阿拉伯的民族性，早在伊斯兰教兴起之前就已形成，并且感觉到了它的存在。先知穆罕默德刚出世，这种民族性就像巨人一样站了起来，暴风似的扫除了前进道路上一切障碍。到了阿巴斯时代，这种民族性登上宝座，在东起印度，西到安达鲁西亚的广大土地上，建立了若干国家。就在阿拉伯民族性极盛时期，蒙古民族性开始兴起，势力从东方伸向西方。阿拉伯民族性对此形式感到厌倦，于是由苏醒转入睡眠，但睡得不深，且时睡时醒。也许阿拉伯民族性会再次苏醒过来，以便道出自己的心愿，就像罗马民族性那样，在著名的意大利复兴时期，得到再度复苏。意大利复兴起步于里桑斯，完成于威尼斯、佛罗伦萨和米兰，全部过程赶在条顿人突袭、黑暗时代开始之前。

历史上最奇特的公共民族性是法国民族性。它在太阳下生存了两千年，却仍处于青春时期；今天，它比历史上任何时期都显得深邃、观点敏锐、艺术成熟和知识渊博。

罗丹❶、卡雷尔❷、雨果❸、西蒙❹和热内❺等人，都是十九世纪到二十世纪的人，也都是世界上的艺术大家。他们的知识最渊博，他们的想象力最丰富。由此可见，某些民族性的寿命要比另外一些民族性的寿命长。埃及民族性生存了三千年，而希腊民族性的生命不过两千年。公共民族性寿命的长与短，类似于人的寿命的长与短。

公共民族性在世间舞台上发挥自己的作用之后，它会怎样呢？

莫非它会死亡，留给后来者的仅仅是回忆？难道它会在日夜面前消失，仿佛根本不是日夜的一种现象？

我相信，精神存在会发生变化，但它绝不会消失；它像物质存在一样，由一种形式转化为另一种形式，而其分子和原子，则永将与时

---

❶ 罗丹（1840—1917），法国雕塑家和画家。
❷ 卡雷尔（1873—1944），法国生物学家。
❸ 雨果（1802—1885），法国作家，著有《巴黎圣母院》《悲惨世界》。
❹ 西蒙（1913—2005），法国作家。
❺ 热内（1910—1986），法国作家、戏剧家，主要剧作有《女奴》《阳台》《黑人》等。

间共存。公共民族性也会睡觉，但它像花种被埋在土里那样，其芳香将升入永恒世界。我相信，民族性的芳香或花的芳香，都是绝对存在的，不容否认。锡卜、巴比伦、尼尼微、雅典和巴格达的芳香，至今存在于环绕地球的太空里，同时存在于我们的灵魂深处。我们，作为个人和集体，是存在于地球上的所有公共民族性的继承人。

但是，那种神圣遗产，无论个人或者集体，都不能触摸到它。它仅仅附着在个人或集体所属的那个民族身上，形成一种具有特有生命和独立意志的民族性。

自知之明

贝鲁特。

一个细雨蒙蒙的夜晚,赛里姆坐在写字台前,台上放着许多古书和纸。赛里姆翻阅着经典著作,不时抬起头来,两片厚厚唇间吐出朵朵烟云。他正在读一篇哲学通信,那是苏格拉底示意门生柏拉图要有"自知之明"的一篇文章。

赛里姆边细读文中那些珍贵字句,边回忆哲学家及导师们关于这个问题的论述。他发现,西方思想家无不坚守苏格拉底的思想,东方学者也都遵循苏格拉底的教诲。读着想着……赛里姆的思想完全沉浸在了"自知之明"题目之中,禁不住突然站起身来,伸展双臂,高声喊道:

"是的,是的!自知之明乃各门学问之母!我嘛,应该知道自己。我完全了解自己。了解我的个性,细微入里,我理当揭开我心灵的幕帘,除去心灵深处的饰物,同时阐明:我的精神存在的意义在于物质存在,物质存在的秘密在于精神存在。"

赛里姆侃侃而谈,激情洋溢,异乎寻常,双目间燃烧着渴求自知的火炬。之后,他走进隔壁房间,塑像似的站在上顶天花板、下接地面的巨大玻璃镜前,凝目注视自己的身影,仔细端详自己的面容,看过自己的头形,又照自己的整个形体……

就这样,赛里姆站了半个钟头,仿佛永恒观念已将宏伟思想降予他，使他凭借其力量，足以明察自己的灵魂深处，令其内心各个角落充满光明。

接着，他从容不迫地张开口，自言自语说：

"我身材矮小；拿破仑、雨果也都是矮子。

"我的前额狭窄；苏格拉底、斯宾诺莎❶也都是窄额头。

"我的前顶光秃；莎士比亚也有个光秃前顶。

"我的鼻子大，且有个弯钩儿；赛凡鲁拉❷、伏尔泰❸和乔治·华盛顿❹都生着鹰钩鼻。

"我有眼病；使徒保罗❺和尼采亦均有眼疾。

"我的嘴大，下唇前凸；西塞罗❻和路易十四❼也都是大嘴凸唇。

"我的脖子粗；汉尼拔❽、安东尼❾也是粗脖子。

---

❶ 斯宾诺莎（1632—1677），荷兰哲学家。
❷ 赛凡鲁拉（1452—1498），意大利宗教改革家。
❸ 伏尔泰（1694—1778），法国伟大作家之一，今日依然作为反对暴政、偏执与暴虐的英勇战士而享有世界声誉。
❹ 乔治·华盛顿（1732—1799），美国将军、政治家、首任总统。
❺ 使徒保罗（活动时期在1世纪），犹太人，原来极端敌视基督教会，后来成为基督教传教士，也可能还是基督教最伟大的神学家。
❻ 西塞罗（前106—前43），古罗马政治家、律师、古典学者，作为古罗马最大的演说家，名垂史册。
❼ 路易十四（1638—1715），法国国王。
❽ 汉尼拔（前247—前183或182），迦太基人，古代伟大的军事统帅之一。
❾ 安东尼（约前82或81—前30），古罗马卓越的军事和政治领袖，尤利乌斯·恺撒的亲密同僚。

"我的耳朵长且外凸;拜伦❶、塞万提斯❷也都生着一对招风耳。

"我的颧骨凸出,面颊下凹;拉法耶特❸、林肯❹也是这样。

"我的胡子往后甩;哥尔斯密❺、威廉·比特也是这样。

"我的两个肩膀不一般平,一高一低;奥比塔、艾迪布·伊斯哈格❻亦如此。

"我的手掌粗大,手指短小;布莱克❼、但丁❽也是这样。

"总而言之,我体态瘦弱,就像大多数思想家那样,因劳心而累垮了躯体。奇怪的是,我像巴尔扎克❾一样,写作或阅读时,身边总放着咖啡壶。此外,我像托尔斯泰❿和马克西姆·高尔基⓫一样,喜与平民交往。

---

❶ 拜伦(1788—1824),英国诗人。他的名字既是最深刻的浪漫主义忧郁的象征,又是追求政治自由的象征。
❷ 塞万提斯(1547—1616),西班牙伟大的作家、戏剧家、诗人。
❸ 拉法耶特(1757—1834),法国将领、政治家。
❹ 林肯(1809—1865),美国第16届总统。
❺ 哥尔斯密(1730—1774),英国18世纪中叶杰出的散文学、诗人和戏剧家。
❻ 艾迪布·伊斯哈格(1856—1885),生于大马士革,曾在贝鲁特工作,主张实行民主、建立议会、维护民权等。
❼ 布莱克(1757—1827),英国诗人、版画家,被20世纪的学者们誉为英国文学史上重要诗人之一。
❽ 但丁(1265—1321),意大利著名诗人,其代表作为《神曲》(由《地狱》《炼狱》《天国》三部分组成)。
❾ 巴尔扎克(1799—1850),法国伟大作家之一,公认的天才小说家。
❿ 托尔斯泰(1828—1910),俄国作家。
⓫ 马克西姆·高尔基(1868—1936),苏联作家。

"我一两天才洗一次手脸；贝多芬❶、沃尔特和泰曼都有这种习惯。奇妙的是，我像薄伽丘❷、伦勃朗❸，喜欢探听女人的消息，希望知道她们在丈夫不在家时的所作所为。

"我馋酒，堪与诺亚❹、艾布·努瓦斯❺、德彪西❻和马尔罗❼相比；我贪食美味，可与彼得大帝❽和白什尔·舍哈比国王并论。"

赛里姆先生沉默片刻，然后用指尖摸着脑门，又说：

"这就是我！这就是我的实际情况！古今伟人的特质都集中到了我的身上。一个具有这样优点的青年人，必定能在这个世界上干出一番伟大事业。

"自知之明乃格言之冠。今夜，我已经了解自己。自今夜始，我将开始一项伟大的工作；那是这个世界启示我的，并给我的灵魂注入了各种不同因素，我曾伴陪人类的若干伟人，自诺亚至苏格拉底、薄伽丘及艾哈迈德·法里斯·舍德亚格。我虽不知道我将开始

---

❶ 贝多芬（1770—1827），德国作曲家，被认为是有史以来最伟大的作曲家。

❷ 薄伽丘（1313—1375），意大利作家，文艺复兴时期人文主义的重要代表。

❸ 伦勃朗（1606—1669），荷兰伟大画家。

❹ 诺亚，人类始祖亚当的十代孙，老实的农民，活到950岁，成为人类的新始祖。

❺ 艾布·努瓦斯（约747或762—约813或815），阿拉伯阿拔斯王朝前期（750—835）的重要诗人。

❻ 德彪西（1862—1918），法国作曲家，受文学和美术中印象主义和象征主义影响而创造了一种十分独特的和声与音乐结构体系。

❼ 马尔罗（1901—1976），20世纪法国著名小说家。

❽ 彼得大帝（1672—1725），俄罗斯罗曼诺夫王朝第五位沙皇（1628—1696）和俄罗斯帝国首位皇帝（1721—1725），俄国伟大的政治家、组织家和改革家。

暴风集　　081

的那项伟大工作是什么,但像我这样一个集物质与精神于一身的人,确乎是日夜所创造的奇迹。我已经了解自己。是的!凭安拉起誓,我已充分知道自己。愿我的灵魂长在,个性永存,宇宙久在,直至我的大业告成。"

赛里姆先生在房间里踱来踱去,人的外观挂在他那丑陋的面孔上,边走边用猫叫声混杂着骨头碰撞的音调,重复着艾布·阿拉❶的诗句:

纵然仅留下我一人,
也要创出空前奇迹。

一个时辰过后,我们这位朋友身裹褴褛衣衫,躺在他那张破床上睡着了,鼾声如雷,响彻天空;那鼾声与其说像人打呼噜,不如说更像石磨轰鸣。

---

❶ 艾布·阿拉(973—1058),阿拉伯阿拔斯王朝时期著名盲诗人。

暴风

一

优素福·法赫里三十岁时逃离尘世,来到黎巴嫩北部卡迪沙河谷山坡上一座孤零零的禅房,开始了默默无闻的隐士生活。

附近村庄上的居民对他议论纷纷,意见不一。有的说,他是豪门家子弟,爱上一个女人,而女人却背弃了他,于是离开家园,躲到僻静之处,以便寻求慰藉。有的说,他是一位幻想联翩的诗人,避开嘈杂人世,以便抒发情思,作赋吟诗。有的说,他是一位虔诚的苏菲派,一心笃信宗教,厌弃了尘世。还有的则一言以蔽之:他是个疯子。

至于我,则既不同意这个看法,也不赞同那个意见。据我所知,灵魂里有些秘密,用猜想和揣测的办法是无法揭开的。但是,我颇想见见这位怪人,和他谈谈。我曾两次试图接近他,以便探索他心中的隐秘,了解他的目的和愿望。可我所得到的只有怒目冷眼,寥寥数语,其中饱含淡漠、疏远、傲岸之意。我第一次碰到他时,他正在杉树林边散步,我以最美好的言词向他问安;而他,仅点了点头,只字未答,便匆匆走过。第二次,我看到他站在禅房附近的一个葡萄园中,便走近他,说:"昨天,我听说这座禅房是十四世纪一位古叙利亚隐士建的,您知道吗,先生?"

他粗声粗气地回答道:"我不知道是谁建的,而且也不想知道。"他转过身去,讥讽地说:"你何不去问你的祖母,她年纪最大,最了解这山谷的历史。"我离开了他,对自己的莽撞、冒昧感到不胜内疚、懊悔。

两个年头过去了。这位男子充满神秘色彩的生活一直诱惑着我的好奇心,时常浮现在我的脑海和幻梦之中。

二

秋季的一天,我正在优素福·法赫里禅房附近的山坡上游逛,突然间狂风大作,暴雨倾盆,吹打得我东跑西躲,犹如一叶孤舟,颠簸在万顷波涛之上,巨浪摧毁了船舵,狂飙撕破了风帆。我边朝禅房跑去,边想:"这可是天赐良机,不妨拜见一下这位苦行僧。"这风暴恰是借口,这湿淋淋的衣服正好做媒。

来到禅房,我已是筋疲力尽,狼狈不堪。我刚要敲门,我久想见到的那位男子便出现在我的面前。只见他手里捉着一只小鸟,鸟儿头部有伤,羽毛蓬乱,抽搐一团,气息奄奄。我先向他问安,而后说:"先生,我这般模样撞进您门下,望多见谅。因为不仅风雨交加,而且离家颇远。"

他眉头紧皱,打量了我一番,用不屑一顾的口气说:"这一带有很多山洞,你可以到那里躲避风雨!"

他边说,边抚摩着小鸟的头,其怜悯之情,实为我平生少见。目睹这种矛盾景况,我不禁感到奇怪;温情和粗暴同时集于一身,令我茫然不已。他好像看出了我的心事，用征询的目光望了我一眼，说："暴风是不吃酸肉的，你何必畏惧而慌忙逃遁呢？"

我回答道："暴风不喜食酸肉，也不爱吃咸肉，但它喜欢阴冷潮湿的肉。倘若我再被它抓住，无疑将把我化作一顿美餐。"

他面容略现舒展，说："假若暴风将你一口吞下，那你便得到了不应得到的荣誉。"

我说："是的，先生！我之所以逃到您这里来，正是为了避开我不应得的那种荣誉。"

他把脸一扭，试图掩饰他那微微一笑。而后，他指着熊熊燃烧的火炉旁边的木凳，说："请坐下，烤烤你的衣服吧！"

我道了谢，坐了下来。他坐在我对面的一个石雕椅子上，伸出手指，从瓷碗里蘸了点油，抹在小鸟的翅膀和头上。他望了望我，说："暴风猛烈地抽击这只小鸟，它半死不活地落在石头上。"

"先生。"我说，"暴风也将我卷到了您的门下，如今，我不知道我的翅膀是否也被折断，我的头部是否亦被撞伤。"

他有些关切地望着我的面孔，说："但愿人能具备小鸟的某些本性。但愿暴风能折断人的翅膀，打破人的脑袋。可是，人天生胆小怯懦，一看到暴风乍起，便纷纷躲到地洞石窟里去。"

我接过他的话茬，说："是啊，鸟儿具有人所没有的尊荣。人生活在为自己制定的法律和传统之下，而鸟儿则只按照使地球绕着太阳转的绝对法则生存。"

他双目闪光，顿展笑颜，好像发现我是个领会得很快的小学生。"你说得好！"他说，"你说得对！倘若你相信自己的话，那么你就该离开人们,并且弃绝传统和他们那微不足道的法则,像鸟儿一样,生活在遥远的、只有宇宙规律的地方。"

我回答说:"先生,我相信我说的话。"

他举起手,语气坚定地说:"相信是一回事,循而行之是另一回事。世上许多人说的话犹如大海,而他们的生活却近似于泥塘。许多人的头颅高过崇山峻岭之巅,而他们的心却静眠在黑暗地洞之中。"

他说完,未给我答话机会,便站起身来,将小鸟放在窗子附近的一件旧袍子上,随后拿起一把干柴,投到了炉子里,接着说:"脱下鞋子,烤烤你的脚吧!潮湿对人最有害。把你的衣服好好烤一烤,不要不好意思。"

我靠近火炉,顿时热气从湿衣服里蒸腾而上,而他,则站在禅房门口,凝神注视着狂怒黑沉的天空。

过了一会儿,我问他:"您来这里很久了吗?"

他头也不回地说:"当我来到这座禅房之时,大地荒凉空旷,沧海漆黑渺茫,只有上帝的灵魂在水面上游逛。"

我暗自说:这个人真怪,要弄清他的底细实在困难。但是,为了探索他心底里的秘密,我一定要和他谈下去。我要有耐心,一直等到他化傲气为温柔和善。

三

夜幕垂降,山谷一片黑暗。暴风更烈。我仿佛感到洪水要来毁灭生灵,荡涤大地上的污垢了。似乎大自然发怒刺激了优素福·法赫里的心,产生了某些时候会出现的那种面对现实的镇定情绪,于是,他对我的厌恶之意变成了亲近之情。他站起来,点着两支蜡烛,然后拿来满满的一壶酒,还端来一只大盘子,上面放着面包、奶酪、橄榄、蜂蜜和水果。他与我面对面坐下,亲切地说:"这就是我仅有的食品,老弟,请吧,和我一道吃吧!"

屋外狂风哀号,大雨悲泣。我们默不作声地吃着晚饭。我每吃一口,总要看看他的面孔,期望从他的外貌上察看他心中的秘密,了解他的习惯嗜好,弄明他的意图希冀。

吃罢晚饭,他从火炉旁边拿来一把铜壶,倒了两杯芳香四溢的咖啡,然后打开满装香烟的盒子,安详从容地说:"请吧,老弟!"

我抽出一支香烟,端起咖啡杯子,简直不敢相信自己的眼睛。他望着我,仿佛看出了我的心思。他微笑着点了点头,点着香烟,咽了口咖啡,说:"在这么一座孤零零的禅房里,居然酒、烟、咖啡俱备,你自然会感到惊愕,也许有吃能住已使你觉得意外,因你和许多人一样,以为远离众人也就疏远了生活以及生活的天然情趣和欢乐。"

"是的,先生!"我回答说,"我们总以为弃绝尘世、专心崇拜上帝的人,就把世上的一切情趣、欢乐完全抛在脑后,独处幽居,过着苦行僧的艰苦生活,只能用青草充饥,以泉水解渴。"

他说:"在世人中间并不妨碍崇拜上帝;祈祷上帝,也无须离群索居。我离开尘世并非为了寻找上帝,在我父亲家里和其他任何地方都可以找到上帝。我之所以离开众人,是因为我的性格与他们的性格不同,我的理想与他们的理想不一。我之所以离开众人,是因为我发现自己是个向左转的轮子，而他们的轮子全向右转。我弃绝了城市，是因为我发现城市是一棵茂盛巨大而腐朽的老树，根扎地下黑暗之中，枝插天上乌云之外，而其花则是贪婪、堕落和罪恶，其果则是悲哀、苦难和忧伤。一些改良家试图对之施以嫁接术，借以改变它的本质，但都没有成功，一个个精神抑郁，在绝望和遗憾之中匆匆辞别人间。"

这时候，他靠近火炉边，仿佛因为他的话对我产生了影响而感到高兴，于是提高嗓门，接着说："不！我之所以离群索居，并不是为了祈祷、修行，因为祈祷是发自内心的歌，纵然与千百人的呐喊混杂在一起，也可以传入上帝的耳里。至于修行，则是征服肉体，扼杀欲望。我的信仰与此毫不相干，因为上帝把躯体建成灵魂的庙宇，我们应该保卫它，使其坚固、清洁，宜于灵魂栖息。不，老弟！我之所以离群索居，并非为了祈祷、修行，而是为了远离众人，逃避他们的法律、训诫、传统、思想和他们的喧闹的哭号。我之所以离群索居，是因为我不乐意看见那种男人的脸，他们出卖灵魂，用得来的钱去购买还不如他们的灵魂贵重的东西。我之所以离群索居，是因为我不愿意看见那种女人，她们伸长脖子，昂首而行，挤眉弄眼，得意忘形，唇带千种微笑，而心中只有一个目的。我之所以离群索居，是为了不与那些半瓶子醋坐在一起，他们只在梦中看到知识的幻影，还自以为站在了知识中心；醒时看到真理的一个影子，还自以为掌握了绝对的实质。我之所以离群索居，是因为我厌弃讨好那种粗俗男性，他们把温和当成软弱，将宽容视为怯懦，把不肯苟且看成自高自大。我之所以离群索居，是因为我与那些一心发财的人打交道感到心神倦怠,他们认为太阳、月亮和星辰都从他们的钱柜里升起,而且要落在他们的口袋之中。我之所以离群索居,是因为我与那些政治家相处感到精神疲倦,他们拿着民众的愿望当作儿戏,言词娓娓动听,说得天花乱坠,完全是为了蒙蔽公众耳目。我之所以离群索居,是因为我与那些神父、教士们在一起感到心烦意乱,他们口口声声训诫别人,而自己从来不身体力行,要求别人做到的,他们却从不以身作则。我之所以离群索居,是因为我没从人们手里得到过什么,除非以我的心血付出相应的代价。我之所以离群索居,是因为我厌恶了那被称为文明的宏伟大厦,那工艺精湛的巨大建筑物却坐落在人类骷髅堆成的山丘之上。我之所以离群索居,是因为精神、思想、心灵和躯体的生命就在这幽静之中。我爱这荒无人烟的旷野,因为这里阳光普照,鲜花吐香,溪水欢唱。我爱这高峻山峦,因为这里春来生意盎然,夏日万物思生,秋至歌声遍野,冬临严酷无情。我来到这孤独寂静的禅房,因为我想探索大地的秘密,接近上帝的宝座。"

他长长地叹了一口气,沉静下来,仿佛卸掉了肩上的千斤重担,两眼里闪烁着奇异的光芒,脸上露出自尊自信、坚强果断的神色。

几分钟过去了。我望着他,因为我心中的疑问解除了,自然感到欢欣。我说:"您说得完全对。先生,您诊断出了社会的疾病和灾难,显然您是一位精明的医生,在病人痊愈或者死亡之前,他是不会抛开病人而离去的,您同意这个看法吗?世界上极其需要像您这样的人,您可大大有益于众人,而您却躲避他们,这实在不合情理。"

他凝视了我一会儿,然后用失望、苦涩的语调说:"起初,医生们都想将病人从病患中拯救出来,于是有的拿来手术刀,有的带来各种药，但是在病人痊愈之前，他们全都毫无希望地死去了。倘若时代病夫能安卧在他那肮脏的病榻上，静心调理他那久治不愈的溃伤，那该多好！但是，那病夫却把手从被子里伸出来，抓住每个护理人的脖子，并且将之掐死。更使我火冒三丈的是，那个可恶的病夫杀死了医生，而后合上眼睛，自言自语道：'他真是一位伟大的医生……'不，老弟，在人们中间，有益于他人的人是没有的。一个再高明聪颖的农夫，也不能让他的田地在寒冬里长出庄稼来。"

我回答说："先生，世界上的寒冬会过去的，随之而来的便是明媚绚丽的春天。到那时，田野上百花竞相开放，山涧里溪流淙淙欢唱。"

他双眉紧锁，叹了口气，语调忧伤地说："但愿我能知道，上帝是否会把人的生命，乃至整个时代分成若干部分，就像一年中的四季那样更替转换，连续不断。一百万年之后，地球上的人们能够过上安定、体面的生活吗？会出现一个人皆赞美的时代吗？到那时，人们无忧无虑，欣沐白日阳光，安享黑夜宁静。这样的理想会变为现实吗？在大地饱餐人肉、足饮人血之后，这样的时代会到来吗？"

说到这里，他站了起来，高举右手，仿佛在指着另一个世界，说："那是遥远的梦想，这禅房不是欢梦之家。我只知道这一条公理，它不仅适用于这座禅房的角角落落，而且适用于这高山峡谷的每个地方。这条公理即我是个人，能感觉出腹饥口渴，我有权从我亲手制作的器皿里拿来生活的面包而食，取生活的美酒而饮。正因为这些，我才离开了众人的餐桌筵席，来到了这个地方，在这里度过我的一生。"

他在禅房中踱来踱去。我望着他，思索着他说的那些话，分析着他用曲线和暗色描绘人类社会的原因和动机。之后，我把他叫住，说："先生，我尊重您的想法和意图，尊重您的幽居生活。但使我感到遗憾的是，由于您远避隐居而使我们这个多灾多难的民族失去了一位能为祖国服务、振兴民族的才子。"

他摇了摇头，说："这个民族与所有民族并没有什么不同。人的本性是一样的，他们相互不同的只有那微不足道的外形和仪表，东方民族的苦难正是世界的苦难。被认为是上升的西方的东西，只是一种空虚自负的魔影。伪善，即使剪去了指甲，也是伪善；欺骗，纵然它的触角是柔软的，也永远是欺骗；谎言，即便穿上绫罗绸缎，住进华丽宫殿，也不能变成真理；奸诈不能转化成忠诚，纵然坐上火车或登上飞船；贪婪不会变成知足，即使二者之间的距离可以丈量，各自的重量能够称掂；罪恶不能变成美德，纵使发生在厂房和学院……至于奴性，屈从于生活，屈从于过去，屈从于训诫，屈从于利益，屈从于衣着，屈从于死亡，那么也就永远是奴性，即使面涂油彩，衣饰鲜艳，奴性毕竟是奴性，哪怕以自由自称。不，老弟，西方人并不比东方人高贵，东方人也不比西方人低贱，二者的不同就像狼与鬣狗之间的差别。我细心观察过，发现种种社会现象背后有一种原始的、公正的法规，它将灾难、盲从、愚昧平均分配给各个民族，绝不厚此薄彼。"

我惊异不已，问道："照这么说，文明及文明所包含的一切都是虚假的？"

他兴冲冲地说："虚假便是文明，文明及其所包含的一切全是虚假的，一切发明创造都是烦腻时用来消遣娱乐的玩具。缩短距离，填平沟壑、征服海空的只是一些充满烟雾的虚假成果，既不能悦目，也不能提神。至于被人们称为知识和艺术的哑谜，则是金质镣铐和锁链。人们拖着它，喜欢它那闪烁的金光，爱听它那铿锵的响声。那是铁囚笼，人们早就开始锻打铁柱铁条，但他们万万不曾想到，囚笼制成之时，自己却被囚禁在笼子中……是的，人们的工作是虚假的，一切意图、目标、志向、愿望都是虚假的。世界上的一切都是虚假的。在生活的种种虚假现象之中，只有一种值得心向神往、倾心思慕的东西，一种，仅仅一种而已。"

"哪一种，先生？"我急忙问。

他沉默片刻，然后闭上眼，双手捂住前胸，满面春风，容光焕发，声音甜润颤抖地说："那就是精神上的苏醒，即灵魂最深处的苏醒。它是一种思想念头，突然闪过人的意识，使之眼界顿开，使之看到生命充满欢歌，佩戴光环，像一座光明之塔，矗立在天地之间；它是人们天良中的一把火炬，在灵魂深处突然燃烧起来，引着了周围的枯枝干柴，而后腾空而起，遨游于广袤无际的云天；它是一种感情，降落到人的心上，使之认为一切不合他口味的东西都是丑恶、奇异之物，于是厌弃所有不合他意愿的东西，反对所有不了解他秘密的人——它是一只无形的手，揭去了我眼上的遮罩，使我站在亲友、同胞之中感到茫然，令我惊愕自问：他们都是何许人？为什么总是这样盯着我？我是怎样认识他们的？我在哪里见过他们？我为什么生活在他们中间？我为什么和他们一起座谈？我在他们之间是陌生人，还是他们作为异乡客，来到生命为我建造并且将钥匙交给了我的房间……"

他蓦地静默下来，仿佛记忆在他的脑海中画出了许多他不想展示的图像。他伸出双臂，低声说："这已是四年前的事了，我离开尘世，来到这空旷野外，以求生活在苏醒之中，饱享思想、情感、幽静之甘美。"

他朝禅房门口走去，望着漆黑的夜色，像是对暴风说话似的喊道："它是心灵深处的苏醒，只可意会，不可言传；不了解它的人，永远也不会懂得它的奥秘。"

四

思想低声细语，暴风狂烈呼啸。一个漫长的时辰过去了。优素福·法赫里时而走到禅房中间，时而站在门口，凝视那阴沉沉的夜空。至于我，则一声不吭，默默地体会着他的情感波动，细细地揣摩着他的言谈话语，深深地思考着他的生活以及后面的孤独的甘甜与苦涩。二更天过去了，他靠近我，久久地望着我的面孔，似乎想把我的相貌铭刻在他的记忆中，因为他向我透露了他离群索居的秘密。之后，他慢条斯理地说："现在，我要到暴风中走一趟。这是我的积习。每年的秋冬两季，我总要尝尝暴风雨的乐趣……给你咖啡壶和香烟！你想喝酒，自己去倒。如果想睡，那个角落里有被褥和枕头。"

他边说，边披上一件黑色的长袍，而后微笑道："你明天早晨走时，请关好门，因为明天我将在杉树林里度过。"

他朝门口走去，从门旁拿出一根长长的手杖，说："以后你在这里再遇上暴风,就赶快到禅房里来躲避。但是,我希望你教自己爱暴风,而不要怕暴风……晚安,我的兄弟。"

他匆匆朝茫茫夜色中走去。

我走到门口,想看看他的面孔,他却已经消失在夜幕之中。我站了数分钟,他脚踏山谷石子的声音清晰可闻。

清晨,风暴平息,乌云消散,山林沐浴在阳光之中。我关好门,心怀着一丝优素福·法赫里谈到的那种意味深长的灵魂苏醒之意,告别了禅房。

但是,我刚刚来到人们聚居的地方,看到他们的活动,听见他们的声音,便止步暗想:是啊,精神的苏醒对人来说是最可贵的东西,而且是生存的目的所在。难道文明,包括它的外表形式,不正是精神苏醒的需求吗?我们怎能否认已经存在的事物及其存在的正当性呢?也许现代文明是短暂的偶然现象,然而永恒的规律却使偶然现象成为绝对本质的阶梯。

就在那年秋天,生活使我离开了黎巴嫩北部,故没有再见到优素福·法赫里。我被驱赶到一个遥远的国度,在那里暴风是温驯的,而隐居修行则是发疯。

魔鬼

胡里·赛姆昂是一位博学之士,精通心理学、神学,知道罪恶轻重的秘密,掌握地牢、炼狱❶、天堂之内情。

胡里·赛姆昂奔波于黎巴嫩北部山村之间,向村民们布道说教,为人们医治精神病患,教人们摆脱魔鬼的绳索纠缠。他与魔鬼不共戴天,虽与魔鬼日夜搏斗,但从不知道厌倦。

村民们待胡里·赛姆昂十分宽厚,常以金银酬谢他的劝导和祝愿;人们争相将自家树上最好的果子及地里最好的谷物赠予他。

秋天的一个傍晚,胡里·赛姆昂朝山谷中的一个孤村走去。他行至村外的一块空旷地方时,听路旁传来凄惨的呻吟声。他回头一看,发现一个裸体男子躺在石头上,头上和胸前有多处伤口,鲜血直淌,求救地喊道:

"救命啊!救救我吧,我快要死了!"

胡里·赛姆昂愕然止步,望望那个悲苦的男子,暗自想:这是个可恶的贼,想必是拦路抢劫不成,反被人打伤,正作垂死挣扎;即使我眼看着他死去,我也是无罪的。

胡里想走开,只听那个带伤的男子说:

"别丢下我!不要扔下我!你认识我,我认识你。难道我非死不

---

❶ 炼狱,天主教所谓的上天国前洗净灵魂上的罪恶的地方。

可了吗?"

胡里面色泛黄,双唇发颤,心想:他八成是个疯子,在旷野上迷了路。胡里又想:他的伤口实在吓人,我该怎么办呢……心理学医生是无法医治肉体创伤的。

胡里走了几步,只听那个带伤的男子大声喊道:"你靠近我一点儿!来呀!我们许久之前就是朋友了。你是胡里·赛姆昂,是位善良的牧人;我,我不是贼,也不是疯子。你靠近我一些吧!我告诉你我究竟是谁。"

胡里·赛姆昂走向那个快要死的男子,弯腰定睛一看,发现他的面纹奇特:聪明之中夹杂着几分狡猾,丑陋间又透出俊秀神采,凶狠里不乏和善。

胡里猛然后退,惊恐地问:"你是谁?"

"别怕!"那个人声音微弱地说,"我们是老朋友了。请你扶我一下,让我站起来,再把我带到附近的小溪边去,用你的手帕给我洗洗伤口。"

胡里大声说:"告诉我,你究竟是谁。我不认识你。我不记得在哪里看见过你。"

那男子用生命垂危者的声音说:"我是谁,你是知道的。你成百上千次地遇到过我,在各处都能看到我的面孔。我是最接近你的人。我是你生活中最亲近的人。"

胡里高声喊道:"好一个骗子!人近死期,应吐实言。我从来没有见过你。告诉我,你到底是谁?不然的话,我就把你扔下,让你死在血泊之中。"

带伤的男子稍稍移动一下,抬眼望望胡里,双唇间绽出意味深长的微笑,声音平静、温柔、深沉地说:"我是魔鬼。"

胡里一声惊叫,整个山谷为之颤动。他再细看那个快死的人,发现其身材、相貌与村中教堂墙壁上挂的那张魔鬼像一模一样,不禁浑身战栗。他高声喊道:"上帝让我看到了你的丑恶面目,使我加倍厌恶憎恨你这个永远受诅咒的魔鬼!"

魔鬼说:"你不要这么轻率!你不要说空话浪费时间了!快,快给我包扎伤口,免得我的灵魂离开我的躯壳。"

胡里说:"我的手是每天举神圣祭品的手,是不能触摸你那由地狱中的渣滓构成的躯体的。岁月和人类百般诅咒你,因为你是岁月的凶狠敌人,你干尽了灭绝人性的勾当。你还是死去吧!"

魔鬼说:"你不知道我说过什么,也不知道你对自己犯下了什么罪。你听着,听我把我的故事讲给你听:今天,我独自行走在这孤零零的山谷里。当我来到这个地方时,遇上了天神派来的一帮大汉,他们突然向我发动猛攻,打得我遍体鳞伤。只因为他们当中有个手持双锋宝剑的人,凶猛无比,不然,我会把他们全部杀光。我赤手空拳,面对那位全副武装的天神,实在无能为力。"

魔鬼沉默片刻,伸手摸摸腰部的伤口,接着说:

"我猜想那位天神就是米哈依尔,他是位英雄豪杰,精通剑术。如果不是因为我倒在地上濒临死亡的话,我定将他们杀得一个不留。"

胡里颇感自豪地说:"我为米哈依尔祝福,他从凶恶敌人的魔爪下拯救了人类。"

魔鬼说:"我对人类怀有敌意,并不比你与自己为敌更强烈。你为米哈依尔祝福,而米哈依尔对你半点好处都没有。在我受伤之时,你看不起我,侮辱我,虽然我过去和现在都使你得到了幸福、安逸;你生活在我的庇荫之下,能够否认我对你的恩泽吗?或许你根本无视我的存在,不按照我的意志行事。我的过去使你感到心满意足,但可以代替我的现在和将来吗?难道你的财富多到了不容再增的程度?难道你不知道还有妻儿老小?没有我,你会失去生计;我死了,你的妻小会饿死的。倘若命运注定我非死不可,那么,当大风吹走了我的灵魂之时,你将从事什么职业呢?二十五年来,你一直漫游在这些山村之间,反复告诫人们躲避我的灾难。人们感谢你,纷纷将手中的金银财宝和地里的谷物果实奉献在你的面前。假若他们得知自己的敌人——魔鬼已经死去,他们还会向你呈送什么吗?你是位精明的神学家,难道你不懂得这样一个道理:鬼的存在决定了它的敌人——祭司的存在!这是固有的敌对关系,像一只无形的手,将信士口袋里的金银悄悄地转移到祭司的口袋之中。像你这样一位有识之士,难道真的不知道,随着时势的消亡,英雄也就不存在了吗?既然如此,你怎么会希望我死掉呢?要知道,你的地位将因我的死亡而丧失,你的生路将因我的死亡而中断,就更无面包填补你妻子儿女的饥腹了。"

魔鬼沉默片刻,脸上显露出了央求的神情,然后说:

"你这个执傲的傻瓜,听我说!我将让你看看你我休戚与共、息息相关的事实。起初,人站在太阳前,伸展双臂,首先喊道:'七重天上,有从善如流的伟大上帝。'然后背朝阳光,发现自己的影子落在地上,又喊道:'九层地下,有为恶作歹的该死魔鬼。'之后,人朝山洞走去，低声自语说：'我身处于两个神灵之间，一个是我服从的神，另一个是我抗拒的神。'岁月蹉跎，人一直处于两种绝对力量之间：一种力量带着人的灵魂升天，人为之祝福；另一种力量拖着人的躯体入地，人报以诅咒。但是，人并不懂得祝福的意思，也不明白诅咒的内涵，人像夹在这两种力量之间的一棵树，夏至身穿绿装，冬来枝秃干光。当文明的曙光照耀人类时，出现了家庭，接着出现了部落，由于爱好不同，劳动分工出现了，随之产生了各种职业，有的耕种土地，有的建造房屋，有的织布缝衣，有的冶炼金属。很久很久之前，地球上出现了祭司，这是人类创造的第一个人类社会和自然界都不需要的职业。"

魔鬼静默下来，而后放声大笑，整个山谷为之动摇。这大笑扩展了它的伤口，疼得它用手撑住腰部。它凝视着胡里·赛姆昂，说：

"就在那时候，地球上出现了祭司。老弟，我给你讲讲祭司出现的情况吧：在原始部落里，有一个名叫拉维斯的人。我不知道他为什么起了这么一个怪名字。拉维斯是个聪明绝顶的男子，但他懒得出奇，既不乐意耕耘土地、建造房屋，又不喜欢放牧狩猎，他讨厌一切需要动手动脚的活儿。那时候，一切粮食都是用劳动换来的。因此，拉维斯总是空腹过夜。夏日的一个夜晚，部落的一些人聚集在他们的首领的茅舍周围，畅谈着一天的收获、见闻。突然，一个人站起身来，指着月亮，惊恐地喊道：'你们看，夜光神的脸色都变了，光辉消逝，成了一块乌石，悬挂在天上。'众人仰脸一看，果然不错，禁不住喧哗起来，个个心慌意乱，人人坐立不安，仿佛黑煞神之手已揪住了他们的心。人们眼看着夜光神慢慢地变成了一个漆黑圆球，大地表面亦暗了下来，山峦、河谷罩上了一层黑色的面纱。曾经多次看到过日食、月食的拉维斯在人们中间，双臂举到空中，一番故弄玄虚之后，诡计多端地喊道：'跪拜吧！叩头吧！祈祷吧！捂上你们的脸！黑煞神正在与夜光神搏斗。假若黑煞神占了上风，我们就得死去；只有夜光神取得了胜利，我们才能生存。祈祷吧！捂上脸，合住眼，不要抬头望天！谁看夜光神与黑煞神搏斗，谁就会失明，而且会神经错乱，疯疯癫癫。俯首叩拜吧！用你们的心灵援助夜光神战胜顽固黑煞神。'

"拉维斯一直用这种腔调说话，一心想创造几个新鲜奇特的词语，不断重复着刚学来的词汇。半个小时过去了，月亮恢复了原来的圆满和明亮。拉维斯提高声音，兴奋、愉快地说：'现在终止祈祷吧！你们看，夜光神战胜了黑煞神，继续行驶在诸星辰之间了。你们知道，你们用叩头和祷告援助了夜光神。夜光神欣喜若狂，因此，你们才看到它更加皎洁、明亮。'

"人们终止了叩拜，抬头遥望圆月，果然发现月亮晶莹光明如初，恐惧之情顿时化为乌有，人人手舞足蹈，个个欢呼雀跃，纷纷挥动手中的棍棒，敲击铁桶铜盘，整个山谷回荡着呼喊欢笑声。

"就在当夜，部落首领把拉维斯叫到面前，对他说：'今天晚上，你带来了前所未有的喜讯。在我们中间，除了你，谁也不了解生命的秘密，我为此感到无比庆幸。从现在起，你就是本部落中仅次于我的第二号头领。我勇猛果敢，臂力过人；你通今博古，足智多谋。你是我与神之间的当之无愧的中介人。你可以向我转达神的意旨，向我说明神的功绩和秘密。为了取得神的欣喜、宠爱，你能告诉我该做些什么吗？'

"拉维斯回答说:'神给我托梦,我将一一禀报;神有什么愿望,我定如实转达。我的确是首领和神之间的中介人。'

"首领大为高兴,随即赏给拉维斯两匹宝马、七十头牛犊、七十头羝羊、七十头母羊,并且对他说:'我将派本部落的壮汉们为你建造一座和我的房子一模一样的住宅。每个季节之末,他们将把土地的一份收成奉献给你。你将作为一位受人敬重的头领,在我们这里永远生活下去。'

"这时候,拉维斯站起来要走,首领忙喊住他,问:'你说的那位黑煞神是谁,它怎敢与夜光神进行搏斗呢?我们压根儿没听说过,也不知道有这么一位神灵。'

"拉维斯搓了搓前额,答道:'首领阁下,在许久之前,当时人类尚未出现,所有的神灵和睦共处,一起生活在银河后边一个遥远的地方。大力神本是神中之王,众神之父,知众神所不知,能群神所不能,单独保守着隐蔽在永恒规律之后的部分宇宙秘密。在十二世代的第七世纪,白塔尔背叛了他的父王。一天,白塔尔来到他父王大力神面前,说:您为什么对所有生灵保持着自己的绝对王权,不让我们知道宇宙规律和世代秘密?难道我们就不是您的儿女,无权与您共享权力与永恒幸福?

"'神王勃然大怒,回答说:我将永远保持我的优先地位、绝对王权和基本秘密。我就是开端,我就是结尾。白塔尔说:您如果不把您的权力分给我一份,那么,我和我的子孙就要背弃你。当时,神王站在宝座上,顺手抄起银河当宝剑,抓住太阳作盾牌,一声怒吼,震得整个宇宙颤抖,喊道:可恶的叛徒,快滚到下界去吧!那里黑暗、阴森，你到那里徘徊游荡去吧，直至太阳化为灰烬，星辰变成尘埃。就在那时，白塔尔离开神境，来到下界，来到群魔栖身的地方，并且暗自立下誓言，决心永远对抗父兄，为那些敬重父兄的人设立种种障碍。'

"首领眉头紧皱，面色如土，问道：'那么黑煞神的名字就叫白塔尔了？'

"拉维斯回答说：'白塔尔是它在神界的名字；下界之后，它有了其他名字，如白阿来、兹卜尔、易卜里斯、赛塔纳伊尔、白勒亚尔、宰姆亚尔、艾哈里芒、麻里赫、艾卜东、舍易塔奴，其最通用者就是魔鬼。'首领一遍又一遍地重复着魔鬼的通用名字，声音颤抖沙哑，就像风摇动干枯树枝发出的响声，而后又问：'为什么魔鬼像讨厌神那样憎恨人呢？'拉维斯答道：'魔鬼之所以憎恨人类，并且想把人类消灭掉，是因为人是其兄弟姐妹的后裔。'首领难堪地说：'照那么说，魔鬼该是人类的叔伯、舅舅？'拉维斯用不无慌乱和暧昧的口气说：'是啊，我的首领！但是，魔鬼也是人类最凶恶的敌人，正是它使人们的白天充满灾难，令人们夜晚噩梦联翩。魔鬼有一种强大的力量，可将风暴引向人类的茅舍，可以放火焚烧人类的田园，为他们的牲畜带来瘟疫，给人们的身体传染病患。魔鬼是位凶狠、残暴、冷酷、恶毒的神。我们遭殃，魔鬼欢乐；我们高兴，魔鬼悲伤。因此，我们应该弄清魔鬼的特点，以便防备它的恶毒用心；我们必须研究魔鬼的品格，以便摆脱它的阴谋诡计。'

"听到这里，首领头倚着手杖，低声说：'我明白了。原来，我对这些是一无所知的。我终于弄明白了那种巨大力量的秘密。啊，原来是魔鬼唆使风暴毁坏我们的住宅，给我们的牲畜带来灾难。拉维斯，如果全体人民都知道了这个真理，他们会向你祝福的，他们会感谢你给他们透露了敌人的秘密，教给他们如何防范敌人带来的灾难.'

"拉维斯辞别首领，朝自己的卧室走去，为自己的才思敏捷感到不胜欣喜，深深陶醉于自己想象的美酒醇香之中。而部落首领及其手下人，则一整夜没能安睡，辗转反侧在各自的床上，醒时魔影密布周围，合眼噩梦接连不断。"

带伤的魔鬼说完这大段话之后，平静下来。胡里·赛姆昂凝视着魔鬼，发现它双目无神，双唇间泛出垂危的笑意。

魔鬼继续说：

"就这样，地球上出现了祭司，我的存在就是祭司产生的原因。拉维斯是第一个以与我作对为职业的人。他死之后，经过他的子孙的努力，这种职业发展起来，并且逐渐壮大，直至变成一门神圣、精细的艺术，只有那些智力发达、灵魂高尚、心地纯洁的人才能掌握。在巴比伦，每当祭司以其说教反对我时，人们便向祭司连续磕头七次；在尼尼微，人们将伴称了解我的秘密的人看作人和神之间的金锁链；在塞伊卜，人们将与我为敌的人尊为太阳之儿、月亮之子；在巴比勒斯、艾弗席斯、安诺基亚，人们教自己的儿女去讨我的匹敌的欢欣；在奥尔舍里姆和鲁迈，人们将自己的生命交给唾弃、疏远我的人。在太阳下的各大城市里，我的名字是科学、艺术、哲学机构的核心。庙宇只有以我的名义才能建造；学院、学校因我的影响而诞生；宫殿、高塔也是为了提高我的地位才拔地而起。正是我，使人类产生了信念，思想中产生了计谋，手脚也勤劳起来了。我是永恒的魔鬼。我为了生存才不停止地与人搏斗。倘若人们终止了与我的斗争，那么，他们的思想将会僵化、呆滞，他们的精神将会懒散、颓废，他们的身体将会酸软乏力。我是永恒的魔鬼。我是无声的风暴，飞旋在男人的头脑里和女人的胸中。我把他们的爱好引向寺院、禅房，让他们对我诚惶诚恐，自愿表彰我的功绩；或者将他们的嗜好引向花街柳巷，让他们以屈从我的意志为欢乐。静夜下，修道士虔诚地祈祷，以便把我赶走；其实呢，恰如娼妓，正呼唤我接近其床头。我是永恒的魔鬼，我以恐惧做基础，建造了花街柳巷；以嗜好为根底，兴筑了酒店烟馆。世上没有我，也就没有恐惧和欢乐，人类的理想、愿望也将随之隐没，生活将像弦断腰折的吉他，变得无声无气，冷清乏味。我是永恒的魔鬼。我主张欺骗撒谎、搬弄是非、背地咒骂、背信弃义、讽刺挖苦。假若世界上没有这些东西，人间将变成一座被遗弃的花园，除了荆棘、蒺藜，那里一无所生。我是永恒的魔鬼。我是万恶之源。罪孽灭绝了，同罪恶搏斗的人也便不见了，你也随之隐没，你的子子孙孙、同事也将销声匿迹。我是万恶之源。难道你愿意以我之死换取罪孽的消亡？难道你想用停止我的心脏跳动来终止人类的奔忙？难道你想用根除的办法来消除谩骂诽谤？我是真正的根源，你乐意让我死在这里吗？神学家，请你回答！难道你真想中断你我之间久已存在的友谊？"

魔鬼展开双臂，伸了伸脖子，长长地叹了一口气，遍体呈绿灰色，犹如尼罗河畔久经风雨的一尊古老塑像。魔鬼睁开明灯似的眼睛凝视着胡里·赛姆昂，说：

"我已说得精疲力竭。我重伤在身，本不适于和你长谈，出奇的是，我竟口若悬河，讲述一个你比我更明白的道理，说明一件对你更有利的事情。事到如今，就随你的便吧！你可以把我背回家，为我医治伤残，也可以把我扔在这里，让我死于荒原。"

魔鬼说着，胡里·赛姆昂边听，边揉搓手。过了会儿，胡里惊慌失措地说：

"到现在，我才明白了你的话，请宽恕我的愚昧无知。我知道你存在的价值在于考验事物，你是上帝用来度量人的精神力量的尺子，衡量人的灵魂轻重的天平。假若你死了，考验便不存在，使人们保持警惕的那种精神力量也随之消亡，引导人们礼拜、祈祷、斋戒的根源也便丧失。你应该活着，倘使人们知道你已死去，他们就不再怕什么地狱了，继而会放弃信仰，为所欲为，放肆造孽了。你应该活着。有你在，人类便会远离不道德的行为。我出于对人类的爱戴，我不再憎恶你了。"

魔鬼听后，哈哈大笑，声震四方，其势如火山爆发，而后说：

"尊敬的阁下，你聪慧豁达，颇通神学。从你的学识之中，我发现了从未找到的自我存在的理由。我明白了神学的真正道理。我们应该立即离开这里。请你把我背回你家去吧！我的身子不重，而且有一半血已淌在这山谷的石头上。你看，天色已晚，快一点吧！"

胡里·赛姆昂卷起袖子，把长袍塞在腰里，背起魔鬼，朝大路走去。

夜幕笼罩下的山谷死一般的寂静。胡里·赛姆昂身背一条赤身大汉朝自己的村庄走去；大汉伤口鲜血淋漓，污染了胡里·赛姆昂那黑色的衣衫和他那散乱的胡须。

苏尔班

地点　贝鲁特优素福·米赛莱家中

时间　1901年秋天的一个夜晚

人物　包利斯·苏尔班（下称苏尔班）

　　　　　——音乐家、文学家

　　　优素福·米赛莱（下称优素福）

　　　　　——作家、文学家

　　　希拉娜·米赛莱小姐（下称希拉娜）

　　　　　——优素福胞妹

　　　赛里姆·穆阿维德（下称赛里姆）

　　　　　——诗人、四弦琴师

　　　海里勒·塔米尔贝克（下称海里勒）

　　　　　——政府职员

幕徐徐拉开，展现在观众面前的是优素福家的客厅，四壁图书，桌上堆放着书稿。海里勒贝克❶抽着水烟。希拉娜小姐正在绣花，优素福吸着卷烟。

---

❶ 贝克，土耳其奥斯曼帝国时期，人们对下等文官的称谓。

海里勒　（对优素福）今天，我读了你那篇关于美术及其对道德的影响的文章，令我十分叹服。假若不是通篇充满洋式文风，简直可以说是同类题目下的最佳文章。优素福先生，我认为西方文学给我们的语言带来了不良影响。

优素福　（微笑着）朋友，也许你的看法是对的。可是，你洋装在身，用洋式杯碟进餐，坐着洋式椅子，岂非与你的主张相矛盾，不是自己跟自己过不去吗？此外，你喜读西方书籍胜过阿拉伯书。

海里勒　这些表面现象与文学艺术毫不相干。

优素福　这之间确乎存在着一种实实在在、活活生生的关系。倘若在这个题目上稍稍进行一点点深入研究，便会发现文学艺术与习惯风俗、宗教、服饰及社会传统密不可分，而且与我们社会生活中的各种现象密切相关。

海里勒　我是东方人，我将永远是东方人，直至生命最后一息。因此，我坚决反对某些欧化现象，期望阿拉伯文学保持其纯洁性，免受任何外来影响。

优素福　照这样说，你是希望阿拉伯语言、文学灭亡啦？

海里勒　怎么会呢？

优素福　一个古老国家，倘若不吸收新兴国家的成果，必将导致道德上的灭亡、精神上的崩溃。

海里勒　你的论点需要论据呀！

（这时，苏尔班、赛里姆走进客厅，在座者一一起立，以示敬重之意）

优素福　欢迎二位兄弟！（对苏尔班）欢迎叙利亚夜莺。

（希拉娜小姐面颊微红，兴奋神采显而易见，望着苏尔班……）

赛里姆　喂，优素福，凭安拉起誓，你不应该为苏尔班说半句好话。

优素福　为什么？

赛里姆　（半认真、半玩笑地）因为他不值得敬重、表扬或赞美。他是个讲究西方道德观念的人，他是个疯子。

苏尔班　（对赛里姆）我让你跟我来这家做客，莫非意在要你揭露我的短处，解释我的道德吗？

希拉娜　究竟怎么啦？赛里姆先生，难道你在苏尔班的品格中发现了什么新缺点？

赛里姆　他的老缺点不断翻新，直到他死亡、被埋葬，骨头变成泥土。

优素福　告诉我们，究竟发生了什么事？请把事情从头到尾给我们讲一遍吧！

赛里姆　（对苏尔班）你是让我揭露你的罪过，还是自己主动坦白交代呢？

苏尔班　我希望你像坟墓一样沉默，像老者的心脏一样平静。

赛里姆　那么，就让我来说吧！

苏尔班　看来，你有意让我今夜苦熬时光喽！

赛里姆　不！我只是想把你的故事讲给这些朋友们听听，好让他们对你的见解进行研究。

希拉娜　（对赛里姆）讲吧！让我们知道一下究竟发生过什么事。（对苏尔班）说不定赛里姆揭示的罪过，还是你的一项功德呢！

苏尔班　我没什么罪过，同样也无什么功德可言。我们这位朋友想揭露的问题，简直不值一提。此外，我不希望你们利用这消夜良辰来谈论鄙人。

希拉娜　好！那么，就让我们听听新闻吧！

赛里姆　（点着香烟，在优素福身旁坐下来）先生们，贾拉勒帕夏❶的公子结婚的消息，我想你们已经听说过，而且知道新郎的父亲于昨晚举行过盛大欢庆晚会，请去本城显贵名流。（指着苏尔班）帕夏把这位恶人请去了，鄙人也在应邀之列，原因在于人们把我看作苏尔班的影子：他去哪儿，我必去哪儿；他在何处，我也必立身何处。蒙安拉安排，没有我的四弦琴伴奏，苏尔班先生是从不放开歌喉的。我们到贾拉勒帕夏家的时间比较晚。我们的苏尔班先生似帝王君主，总是最后到场。我们到那里时，看见省长及穆特朗贝克已在，且发现贵宾席上满座美女、文学士、诗人、富翁和头领。我们落座香炉与酒杯之间，人们的目光同时射向苏尔班先生，俨然乎他是一位神仙，突然间自天而降。女士们竞相朝他走来，有的向他献花，有的向他递酒，一时场面热闹异常，恰似雅典妇女迎接自战场凯旋的英雄。简言之，自晚会一开始，我们的苏尔班先生就成了被众宾敬重、款待的目标……我抱起四弦琴，弹了一曲又一曲。等我弹完第三支曲子时，苏尔班先生才开启他那神圣的双唇，唱了一首歌……那是伊本·法里德的一首诗，诗中云：

---

❶ 帕夏，土耳其奥斯曼帝国时期，人们对高级文官的尊称。

除了我,世人皆会淡忘往事,

除了我,谁都会背弃其情侣。

在座者人人伸长脖子,个个侧耳细听。仿佛穆苏里❶从永恒幕帘后重返人间,在人们耳旁,低声唱着怡神销魂妙曲。过了一会儿,苏尔班先生中止了歌唱。人们满以为他喝下一杯酒之后会接着唱,但万万没有想到,他竟一直再没开口。

苏尔班 (语气严肃地)我希望你至此住口,我不能再听你这种愚蠢的谈话。我丝毫也不怀疑,从他这种啰啰唆唆、空洞无物的言谈中,朋友们是找不到任何乐趣的。

优素福 你就让我们听听这个故事吧!

苏尔班 (原地站起)看来,你们宁愿听这种无聊谈话,也不希望我在你们中间坐一坐。对不起,我要告辞了。

希拉娜 (意味深长地望了苏尔班一眼)苏尔班先生,请您坐下,无论如何,我们总还是和你站在一起的。

(苏尔班坐下,脸上堆满难耐、克制的神情。)

赛里姆 (继续讲)我刚才说过,苏尔班先生唱了一支歌,即伊本·法里德那首诗,便默默无语了。我的意思是说,仅仅如此,他便让那些可怜的饥民们尝到了神仙提供的美味,继而踢翻桌子,打碎杯碟,然后坐下,一声不响,宛如坐落在尼罗河畔沙漠上的狮身人面像。女士们一个个相继站起身来,走到苏尔班先生面前,柔声细

---

❶ 穆苏里,阿巴斯时代著名歌手。

语乞求他再为大家唱一支歌。但是,苏尔班先生却向她们表示歉意,说:"十分抱歉,我感到嗓子疼。"显贵名流、富翁巨贾们纷纷站起,苦苦哀求苏尔班先生再展歌喉,但先生却无动于衷,毫无心软表现,反而更加呆滞、僵固、冷酷,好像安拉已把他的肉心石化,将他腹中之歌变成了媚态与风雅。夜半之后,在座者失望至极,贾拉勒帕夏把苏尔班先生叫到旁边一个房间,将一把银币放入先生的口袋里,并且说:"先生,您既能使我们的晚会以欢乐结尾,也可令之扫兴落幕。因此,我求您接受这份薄礼,不是作为报酬,仅仅当作我对您的一点心意,请您万勿让宾朋们失望。"这时,苏尔班先生的身材突然显得高大起来,随之脸上浮现出傲然神气,将银币扔到旁边的一张凳子上,操着开国帝王的语调,说:"贾拉勒帕夏,你看不起我,你在侮辱我!我到你家来,并不是为了卖唱,而是向你贺喜的。"贾拉勒帕夏一时丧失了耐心和克制力,随后吐出一串粗鲁言词,致使敏感的苏尔班先生骂骂咧咧地离开了帕夏家门。我呀,我这个可怜人,也抱起四弦琴,尾随苏尔班先生离开了那一张张漂亮面孔,一个个苗条身材,还有那玉液琼浆美味佳肴。是啊,我之所以做出那么大的牺牲,完全是为了保住同这个顽固、执拗之人的友谊。我做出的牺牲那样大,可是时至今日,先生都不曾向我表示谢意,既没有称赞我的勇气,也未承认我对他的友情与忠诚。

优素福 (笑着)真的,这件事真有意思,简直值得用针把它写在眼里。

赛里姆 我还没讲完,精彩处尚在结尾;那神奇古怪的结尾,就连艾赫里曼·法尔斯和赛伊法·胡努德做梦也未曾想到。

苏尔班 （对希拉娜）看在小姐的面上，我留在这里。现在，我求你让这只青蛙就此停止蹦跳吧！

希拉娜 苏尔班先生，你就让他说下去嘛！不论故事结尾如何，我们总是诚心诚意与你站在一起。

赛里姆 （点上第二支烟，接着说）刚才说过，我们走出帕夏家门时，苏尔班咒骂着那些富翁、显贵，而我则暗暗诅咒他。之后，你们猜想会怎样？我俩各自回各自的家吗？你们以为昨夜晚会就这样结束？请诸位耐心听下去，定会惊讶不已的。正如你们所知，哈比卜·赛阿德的住宅与帕夏家仅隔着一个小花园。

你们晓得，哈比卜也是一位酒友歌迷，系苏尔班大师的崇拜者之一。我们走出帕夏门口，苏尔班停下脚步，站在大街当中，手指搓着额头，宛如一位大将军，正在考虑对某敌对王国进行征战大事。片刻过后，他突然迈开大步，向哈比卜家走去。用力按过门铃，哈比卜开了门，只见主人身穿睡衣，揉着眼睛，打着哈欠，口中振振有词。可是，当他看清苏尔班先生的面孔，又见我腋下夹着四弦琴时，他的脸色霎时变了过来，双眸闪闪有光，仿佛顿时云消雾散，晴日当空，春风满面地说："是哪阵香风，这么早就把你们吹来啦？"苏尔班回答道："我们是来你家为帕夏的公子贺新婚之喜的。"哈比卜说："莫非帕夏公馆令你们感到什么不便，致使你来到这寒家茅舍？"苏尔班说："帕夏公馆的墙壁没有听赏琴声与歌喉的耳朵。因此，我们来到贵府。快拿酒菜来，不要多说什么了！"说话之间，我们围桌坐下。苏尔班喝上一两杯酒，便站起身来，推开临着帕夏公馆花园的窗子，然后把四弦琴递给我，同时用命令的口气，说："穆阿维德，这是你的棍子,让它变成巨蛇,令其将埃及所有的蛇吞食掉吧!弹奏一曲《纳哈万德》,弹得长一点,奏得美一些。"我身为奴仆,只有俯首从命。我怀抱四弦琴,弹起《纳哈万德》。苏尔班向帕夏公馆,放开歌喉高唱……

(说到这里,赛里姆沉默片刻,脸上那种开玩笑的表情不见了,随改用沉静、严肃的口气)

十五年前,我就认识苏尔班先生;自打少年读书时,我们就是同窗好友。他在欢乐和悲伤时都要唱歌。我听他有时像丧子的母亲那样伤心哭号,有时像情人那样欢悦吟唱,有时像得胜者那样笑逐颜开。全城安歇、人们入梦时,我曾听到他静夜里细声吟唱;教堂的钟声将神威与庄严洒满天空时,我曾听到他引吭高歌。是的,我听到他的歌声何止上千次,因此,自感对先生的灵魂之动静了如指掌。可是,昨天夜里,他却一反常态,把脸转向帕夏公馆,闭上双眼,唱道:

我每日倾吐心中之爱,
然而越说则情思越浓。

他唱得节奏轻快,潇洒自如,黄叶随金风飘舞。我暗自思忖:不……过去,我对苏尔班的灵魂并不谙熟,仅如皮毛而已;现在,方才刚刚摸到核心。过去,我所听到的仅仅是先生的喉音;而今,方才闻到他的心声。苏尔班演罢一角色又演一角色,唱完一曲又一曲,直至使我产生了一种幻觉,仿佛天上有一群情人之魂在翱翔翻飞，低声呼唤着遥远过去的美好回忆，传播着夜幕包裹中的人类纯美愿望与梦想。是的，先生们，（他指着苏尔班）昨夜这位大师登着艺术的天梯，直摸云天繁星。出奇的是，直到黎明时分，他还没有落地。正如《旧约》诗篇中所记述的那样，他一声未响，就把敌人踩到了脚下。贾拉勒帕夏的满堂宾朋一听到苏尔班的歌声从哈比卜家中传出，一个个争先恐后，涌向窗子，男男女女抢座，互不相让。苏尔班每唱完一句或一节，他们便发出一阵赞叹声。有的则走到花园里，站在树下，无不兴致勃勃，人人引颈静赏，只是对这位大师的怪脾气有些大惑不解；尽管如此，他们的心间却充满着一种难以言状的陶醉之意。有的人高声喊着苏尔班的名字，表示友好与祝愿之情；有的简直在狂叫，似在进行威胁与辱骂。我从一位客人那里得知，贾拉勒帕夏当时像雄狮一样吼叫，从一个房间走到另一个房间，边咒骂苏尔班，边对宾朋们大发雷霆，尤其对那些端着菜盘、举着酒杯跑到花园里的人们，更是格外恼火。这就是昨夜发生的事情全貌。你们如何评说我们这位疯狂才子呢？你们对他的怪僻性情有何看法呢？

  海里勒 这真是一件怪事。我的看法是：首先，我欣赏苏尔班先生的才能；尽管如此，但我要说，他昨晚这种做法是错误的。他本来可以像在哈比卜家那样，在帕夏公馆里唱歌，好让众人们欣赏他的艺术。（对优素福）优素福先生，你说呢？

  优素福 我不抱怨苏尔班先生；同时，我也无意了解他心灵深处的隐秘。因为我知道这是他的个人问题，与他人无关；我还晓得艺术家的性格，尤其是音乐家的性格，与一般人大不相同，用衡量一般人工作的尺子去衡量艺术家的劳动，那是不正确或不合理的。艺术家——我指的是以自己的思想与情感去创造新形象的艺术家——必定是不同于其亲友的古怪人。在故国,他是异乡人;在这个世界上,他是位陌生人。艺术家,当人们向西走时,他偏偏向东;艺术家,往往因内心里不能展示的因素而激动;艺术家,在欢乐的人群中他悲伤,而在悲伤的人群里他却欢乐;艺术家,在强者中间他懦弱无能,而在弱者当中他却坚强英勇;艺术家,高居于法律之上,不管人们生气还是高兴。

海里勒 优素福先生,你的这番话,其中心思想,与你那篇关于美术的论文中所阐述的想法没有什么两样。请允许我再说一遍,你所宣扬的那种西方精神,必将成为我们作为一个民族而灭绝、作为一个国家而消亡的原因之一。

优素福 难道你认为昨夜苏尔班的作为是你所憎恶的那种西方精神的一种表现?

海里勒 苏尔班先生的作为使我感到不解。尽管如此,我仍然很敬重他。

优素福 如何展示自己的艺术才能,何时放开歌喉,莫非苏尔班先生不能自由决定?

海里勒 他当然有自由决定的权利。不过,我认为我们的社会生活现实与这种自由不合拍,我们的爱好、习惯与传统不允许一个人像苏尔班先生昨晚那样行事,否则处境尴尬。

希拉娜 这真是一场既有兴味,又有益处的争论。不过,鉴于这场争论自有其原因,故当事者应该有权进行自我辩护。

苏尔班 (久久沉默之后)我本不希望赛里姆谈这件事,相反愿昨夜事随昨夜过去而消失。不过，正如贝克所说，正因为我处境尴尬，所以不得不谈谈自己关于对此事的看法。你们知道，而且我也很清楚，认识我的大多数人都在批评我；有的说我卖弄风骚，有的说我搞邪门歪道，还有一些人说我寡廉鲜耻。为什么会招来这么多令人伤感的批评呢？原因在于我的性格，在于我那不能改变，即使能改也不想改变的性格。究竟人们为什么那样关心我及我的性格呢？谁道他们不能把我忘掉？在这座城中，有许多位歌手和音乐家，有许多位诗人和评论家，还有许多乞丐和叫花子，他们靠出卖自己的声音、思想、情感，乃至出卖自己的灵魂，以便换取一个铜板、一口残羹或一杯剩酒。我们的富翁和显贵都知道这个秘密。因此，我们看到他们在以廉价收买文学艺术家，就像把马匹车辆放在广场和道路上那样，将他们陈列在公馆与殿堂里。诸位先生，在东方，艺术家和诗人是端香炉的人，不，简直是奴隶，为了生活下去，他们不得不唱于婚礼，歌于晚会，号于丧仪，哭于坟茔。他们是在悲痛白日与狂欢夜下转动的机器。没有悲伤与欢乐的日子，他们则被抛弃在一边，好像没有任何价值的货物。我不怨恨那些显贵和富翁，只是咒骂那些歌手、诗人和墨客，因为他们不尊重自己，不珍惜自己的汗水。我憎恶他们，因为他们不屑于做小事；我责怨他们，因为他们宁愿跪着屈辱求生，却不肯站着自由而死。

海里勒 （兴奋地）昨天夜里，人们苦苦哀求你，千方百计讨好你，为的是听赏你的歌声。莫非你认为在贾拉勒帕夏公馆唱歌是一种屈辱？

苏尔班 若能在他家唱，我自然会唱的。可是，我环顾四周，发觉在座者当中，不是只能听到银钱响声而根本听不到歌声的富翁，就是压根儿不理解生活，只会抬高自己、贬低别人的显贵。在那些应邀宾朋中，我找不到一个能够区分《纳哈万德》与《莱斯德》或《伊斯法罕》与《欧沙格》的人。因此，我不能在瞎子面前敞开我的胸怀，或者在聋子耳旁述说我的心底之秘。音乐是灵魂的语言。音乐是一股暗流，波浪起伏于歌手与听众灵魂之间；如果没有灵魂，并且能够理解所听到的乐声的话，那么，歌手便失去了说明的兴趣，同时也便失去了表露心底动静的愿望。音乐如同上着紧而敏感琴弦的吉他，只要弦一松，弹性即刻消失，变成了麻线。

（说到这里，苏尔班站起来，走了几步，然后放慢速度说）

在贾拉勒帕夏公馆里，我的灵魂的弦松弛了。因为我打量了在座的男男女女，出现在我面前的人都是那样矫揉造作、装腔作势、故步自封、妄自尊大和愚昧无知。他们苦苦哀求我，原因在于我毫无表情，无动于衷，默不作声。倘若我像那些爱唱歌的青蛙一样，就不会有人重视我。

海里勒　（开玩笑地打断苏尔班的话）那之后，你到哈比卜家去了。为了斗气——仅仅为了斗气——你坐下一直唱到天明。

苏尔班　我坐在那里，一直唱到东方亮，因为我想把心中的一切倾吐干净，想把肩上的重担卸掉，想责备黑夜、生活和时代。我还感到自己迫切需要紧一紧在帕夏家松弛了的那些琴弦。海里勒贝克，倘若你认为我意在斗气，当然你是有权任意猜想的。艺术是一只自由的鸟儿，可任意在天空翱翔，也可随意落在地上，在这个世界上，没有任何一种力量能束缚它的翅膀，或者改变它的意向。艺术是一种高尚的灵魂，不能出售，也买不来，东方人应该知道这一绝对真理。至于我们当中的艺术家——他们是凤毛麟角，比红色硫黄还稀罕——则应该自重自尊，因为他们的心灵是容器，安拉使其盛满了玉液琼浆。

优素福 苏尔班先生，我完全同意你的看法。关于这个问题，我已用一种连自己都说不明白的方式阐述了我的思想。你是位艺术家，而我不过是个艺术研究者罢了。因此，你我之间的差别如同甜醇酒与酸葡萄。

赛里姆 苏尔班谈话如同唱歌，会令听者佩服得五体投地。

海里勒 我还没服，而且不能服。你们的这种哲学思想，只能算是从西方国家传到我们这里来的一种疾病。

优素福 贝克阁下，假若你有机会听苏尔班唱歌，你定会佩服至极，把哲学忘到脑后。

（这时女仆走进来）

女仆 （对希拉娜小姐）小姐，奶油白糖粉丝出锅了，我放在桌子上啦。

优素福 （站起来对大家说）兄弟们，请吧！我为大家备下了美味菜肴，可口极啦，其甜美程度，堪与苏尔班的歌喉相媲美。

（众人站起，优素福、海里勒、赛里姆相继出门。苏尔班、希拉娜仍站在客厅中间，面面相对，眷恋凝视，彼此明眸间闪烁着一种无法描绘的光芒）

希拉娜 （低声地）昨夜我在听赏你的歌声，你知道吗？（苏尔班惊异地看着她，希拉娜说）昨天，我在姐姐玛丽娅家里，因为她丈夫不在，她一个人在家有些害怕，要我去和她做伴，我也就睡在她家了。

苏尔班　你姐夫家离那里很远吗？

希拉娜　与哈比卜家仅隔一条胡同。

苏尔班　你听见我唱歌啦？

希拉娜　我听到了你的灵魂的呼声，自夜半一直听到天明。我不仅听到了你的声音，还听到了安拉说话。

（隔壁传来优素福的声音，只听他在喊："苏尔班，快请啊！粉丝菜都要凉啦！"）

（苏尔班、希拉娜相跟出门）

幕落

诗人巴勒贝克

一

公元前112年,巴勒贝克城。

国王端坐在金黄宝座,四周华灯高照,香烟缭绕。将领、祭司分坐国王左右两侧;兵士、奴仆面对国王肃立,犹如一尊尊塑像直立太阳神前。

时过不久,歌罢乐休,一切声息淹没在夜神的衣褶之间。首相站在国王面前,用老年人那种微弱、颤抖的声音说:

"国王陛下,昨天,一位印度贤哲抵达本城,其人相貌非凡,说道广博,皆为我们闻所未闻,见所未见。他号召人们笃信:灵魂从一个躯壳投生到另一个躯壳,从一代人转移到另一代人,直至完美无缺,加入神灵行列。今夜,这位贤哲要求晋见陛下,向您陈述他的见地。"

国王点点头,微笑着说:

"既然他从印度带来了宝贵真经,不妨唤他进来,听他一番说道。"

不一会儿,一位褐色皮肤的中年人走了进来,表情严肃,浓眉大眼,面孔圆阔。不用多言,便知其人心底藏有隐秘,气质奇异非凡。他向国王行过鞠躬礼之后,抬起头来,双目光芒闪烁,开始论述他的新教义,细说灵魂如何从一个躯壳转入另一个躯壳,怎样按自己选择的中介因素步步升高，又如何依据自己经历过的事情，在荣誉的阶梯上逐级攀登，与使其幸福或悲凉的爱情同眠共生……而后，他又开始讲灵魂怎样从一个地方转向另一个地方，寻求它所需要的东西，赎过去犯下的罪过，收获在另一处播种下的谷禾。

话语冗长，国王面露腻烦神情，于是首相靠近贤哲，耳语道："先谈到这里吧，有机会再说。"

贤哲退后，坐在祭司们中间，闭目养神，仿佛因凝视万物而感双目不胜倦怠。

一阵寂静之后，国王左顾右盼，问道：

"我们的诗人到哪里去了？我许久不见他了……过去，他每天晚上都来做客，现在，他究竟怎么啦？"

一位祭司说："一个礼拜之前，我看到他坐在阿施塔特庙门廊里，两眼呆滞，惆怅难堪，望着遥远的晚霞，仿佛他的一首长诗丢在乌云间。"

一位将领说："昨天，我发现他站在松柏杨柳之间，我问他好，他没回礼，而是一直沉浸在他的思想、欢梦海洋之中。"

大宦官说："今天，我见他在御花园里，我靠近他一看，发现他面色焦黄，眼泪纵横，抽泣哽咽。"

国王温情地说："赶快把他找回来，我真为他担心。"

仆役、兵士们出外寻找诗人，国王及其左右手们急切地等待，人人沉默不语，个个思绪紊乱，似乎感到一种看不见的魔影矗立在殿堂当中。

片刻之后，大宦官回来了，像中了箭的鸟儿一样，倒在国王脚前。国王呼喊道："有消息吗……究竟怎么回事？"

大宦官抬起头，战战兢兢地说："我们发现诗人已死在御花园里了。"

国王顿时面罩愁云，神色颓丧，然后站起来，朝御花园走去，前面有侍从掌灯照路，后有将领、祭司簇拥。他们来到栽满巴旦杏、石榴树的后花园，在黄色灯光下，看到一具僵尸，犹如凋零的玫瑰花枝，横卧在草丛之间。

一位将领说："他依旧凝视着天空，仿佛在星辰之间，看到了无名神影。"

大祭司对国王说："明天，我们将把他安葬在神圣的阿施塔特庙旁，全城居民为他护送灵柩，少年们咏唱他的诗歌，少女们向他的陵墓敬献花束。他是一位伟大的诗人，让我们隆重祭葬他吧！"

国王点点头，目不转睛地望着诗人那蒙盖着死亡面纱的脸孔，缓慢地说："不，不！他在世时，身影游遍全国，芳香播满苍穹，而我们却轻视他；如今，他死了，我们倒要给他嘉誉美名，这样，神灵会奚落我们，草原神女、河谷仙子也会讥笑我们。我们就把他埋葬在这里吧，让他怀抱吉他，灵魂归天。谁想慰藉他的在天之灵，请到他家去，告诉他的儿子，就说国王忽视了他，致使他孤独寂寞，惨淡终生。"

说完，国王四下环顾，问道："印度贤哲何在？"

贤哲走上前来，说："国王陛下，我在这儿。"

国王说："贤哲先生，请你告诉我，神灵还会让我托生成国王，让我再转为诗人，降临到这个世界上吗？神灵会将我的灵魂附着在一位伟大王子的躯壳里，把诗人的灵魂注入一位盖世诗人的体躯之中吗？自然法则会让诗人在永恒世界面前停下脚步，令他以生命赋诗，也使我有幸向他馈赠礼品,让诗人赏心悦目吗?"

贤哲回答道:"灵魂所期望的一切,均会如愿以偿。冬去春来的规律,将使你复生为显赫君王,使他再托生成卓越诗人。"

国王笑逐颜开,精神抖擞,随后朝王宫走去,边走边思考着印度贤哲的话语,自言道:"灵魂所期望的一切,均会如愿以偿。"

二

公元1912年,埃及开罗。

明月初升,银白色的光带遍洒全城。国王倚坐在官殿阳台上,望着清澈的夜空,思考着经过尼罗河畔的代代先人,探究着狮身人面像前历代帝王和开拓者的功业,检阅着为时代所驱使由金字塔拥向阿布丁宫的群众队伍。

当他的思想范围逐渐扩大,欢梦舞台渐次展开时,他回头望了望坐在身后的朋友,说:"今夜,我颇想欣赏一下诗歌,请你给我唱几首呀!"

朋友点了点头,随即唱起一位蒙昧时代的长诗。国王打断歌声,说:"唱首更新的嘛!"

朋友再点头,唱起一位跨时代❶诗人的作品。

国王又打断,说:"更新的……更新的!"

朋友点头,又唱起安达鲁西亚二重韵诗。

国王说:"请给我们唱首现代诗吧!"

---

❶ 指生在伊斯兰教前蒙昧时期和伊斯兰教初期的诗人。

朋友手撑额头，仿佛欲呼来现代诗人的全部作品。片刻之后，他容光焕发，开始唱起一首幻想诗，其韵味神奇，诗意细腻新颖，比喻妙趣横生，令人神醉心倾。

国王望着他的朋友，喜不自胜，只觉得一只无形之手正把他拉向遥远的地方。他问道："这首诗出自何人手笔？"

朋友说："系诗人巴勒贝克所作。"

诗人，巴勒贝克！两个陌生的字眼在国王耳朵里回响，一种模糊而清晰、稳固而薄弱的形象在他心中油然生成。

巴勒贝克，诗人！两个陈旧而新颖的语汇，使被遗忘的画面重新回到了国王的心间，唤醒了国王胸中沉睡了的记忆，在国王的眼前，用近似云雾般的线条勾勒出了一幅画面：青年诗人抱琴静卧草丛，王公大臣、将领、祭司静默地肃立在四周……

如同晨来梦隐那样，这种景象在国王眼前突然消逝了。国王站起身来，双臂合抱胸前离去，口中念叨着先知的训词："你们本是死者，上帝使你们复活，然后又让你们死去，再次让你们活过来，之后让你们回到上帝那里去。"

国王回头望望朋友，说："我国有巴勒贝克这样的诗人，使我们感到欣慰。我们将永远祭悼他，尊崇他。"稍停片刻，又低声说："诗人是飞鸟，具有独特长处，从天而降，来到这个世界歌唱；假若我们不尊重它，鸟儿会展翅高翔，飞回故乡。"

夜，过去了，天空脱下了它那镶嵌着繁星的华丽服饰，换上了用晨曦织成的淡雅衣衫；国王的灵魂蹒跚摇摆在万物奇景与生命秘密之间。

口蜜腹剑

秋天,黎巴嫩北方一片金黄。一日清晨,图拉村村民聚集在教堂周围,相互询问、交谈着有关法里斯·拉哈勒突然出走的消息。法里斯丢下他那刚刚过门六个月的年轻妻子,奔向了只有上帝才知道的遥远地方。

法里斯·拉哈勒是本村的长老和头领,这是他从父亲、祖父那里继承来的职位。虽然法里斯方二十七岁,但却赢得了乡亲们的由衷尊敬和爱戴。去岁仲春,他和苏珊·白尔卡蒂结婚时,人们争相祝贺,说:"多么有福的小伙子!年龄不满三十,便得到了人们今世向往的一切!"

但在那天清晨,图拉村村民刚刚醒来,便听说法里斯长老带着所有的钱,骑着马,未向一位亲属告别,就离开了村庄。乡亲们纷纷揣测,互相询问,究竟是什么原因使他离别村民,抛下新娘、家园住宅、田地、葡萄园而远走高飞。

黎巴嫩北方的生活,近似于另一种意义的社会主义。出于现实主义的天然倾向,那里的人们同甘苦、共患难;村里一日发生什么事,居民们便聚而研究情况,商讨对策,事事如此。

正是这个原因,图拉村村民抛开他们的日常活计,聚集在教堂四周,就法里斯·拉哈勒出走交换意见。

就在这个时候,村里的牧师胡里·艾斯泰凡垂头丧气地朝他们走来。人们靠近他,探问究竟,但他总是揉搓手,默不作声。过了一

暴风集

会儿,牧师说:

"你们不要问我了!孩子们,听我说!天亮之前,法里斯·拉哈勒敲我的门,我打开门一看,只见他手握马缰,面部表情痛苦难堪。我吃惊地问他想做什么,他说:'阿伯,我是来向你告别的。我要到海外去了,我决不活着回这个家园。'接着,他将一封信递到我的手里,信封上写的是他的朋友奈吉布·马立克的名字,要我亲手转交。之后,他翻身上马,未等我弄明白事情缘由,便扬鞭策马而去了。我就知道这些,你们不要再多问我了。"

一个人说:"毫无疑问,那封信将告诉我们法里斯出走的原因,因为奈吉布·马立克是他在村中最亲密的朋友。"

另一个人说:"阿伯,您看到法里斯的新娘子了吗?"

牧师回答:"晨礼之后,我拜访了她,见她坐在窗旁,失魂落魄地望着远方。我问她时,她摇了摇头说:'不知道!不知道!'而后抽噎起来,继而孩童似的号啕大哭。"

牧师话音未落,村东传来一声枪响,人们惶恐不安。接着,人们听到一个妇女的呐喊声,整个旷野为之颤动。刹那间,村民们乱作一团,人人面露惶恐、凄楚神情,男男女女争相跑去观看。村民来到法里斯·拉哈勒住宅周围的花园时,一种意外景象使人们血液凝滞,头脑昏厥:只见奈吉布·马立克倒在地上,树叶面粉糊正从他的肠子里向外喷涌;法里斯·拉哈勒的妻子苏珊·白尔卡蒂站在奈吉布身旁,披头散发,撕扯自己的衣裙,凄惨地喊叫:"他自己杀害了自己!他对自己的胸口开了枪!"

众乡亲惊呆了,仿佛死神的手已经抓住了他们的灵魂。牧师走向前去，发现死者右手握着一封信，这正是他亲手传递的那封信。死者紧紧攥着那封信，仿佛信变成了他手指的一部分。牧师拿起那封信，悄悄地放入口袋里，做了个鬼脸，向后退去。

乡亲们将奈吉布的尸首抬到他可怜的母亲家里；母亲一见她那独生子的尸体，当即昏迷，不省人事。

一些妇女护送法里斯的妻子苏珊回到家中。这时，她已陷入半死不活的境地。

胡里·艾斯泰凡回到家里，关起房门，戴上眼镜，取出从奈吉布·马立克手中拿到的那封信，声音颤抖地念道：

奈吉布兄弟：

　　我决计离开这个村庄，因为我在这里，给你、给我妻子，同时给我自己带来了麻烦和不幸。我知道，你是位灵魂高尚的人，绝不会背弃你的朋友、邻居。我知道，我的妻子苏珊纯洁无瑕。但是，我也知道，爱情已将你和她的心紧紧连接在一起；爱情凌驾在你俩的意志之上，你无法清除它，就像你无力中断卡迪沙河的流水。

　　奈吉布，你是我的朋友。从童年时代起，我们就一道在田间，在教堂广场上玩耍游戏；在上帝面前，你仍然是我的朋友，我希望你像过去那样，将来也记着我。明天或者之后，当你看到苏珊时，请你告诉她，我爱她。我可怜她。还请你要告诉她，当我深夜醒来，看到她跪在耶稣像前哭泣、捶胸的样子，我万分难过。当一个女子站在爱她的男子和她爱的男子之间时，她是最难以生活下去的。可怜的苏珊常常处在这种矛盾斗争之中。她本想尽她做妻子的责任；但是，她无法扼杀她的感情。至于我，我要到遥远的地方去了，而且不再返回这个家园，因为我不愿意做你们幸福道路上的绊脚石。

奈吉布兄弟，最后，我希望你忠实于苏珊，永远保护她，她是为你而牺牲了一切，但她应该得到失去的一切。我已经说过，你是位灵魂高尚、心胸宽广的男子汉，留下吧，奈吉布！上帝保佑！

你的兄弟

法里斯·拉哈勒

胡里读完信，将它折叠起来，放回口袋，然后坐在窗子旁边，望着幽静的河谷，多皱的脸上显露出深思的神色。

时隔不久，他突然站了起来，仿佛经过一阵沉思，透过表面现象，发现了一个隐藏得很深的细微巨大的秘密。他突然喊道："法里斯·拉哈勒，你何等聪明！我已经明白了，你怎样杀死了奈吉布·马立克，而你却清白无辜。你给他送了含毒蜂蜜，你给了他一把外裹丝绸的利剑，你给他送去了一封装着死神的书信。当他的枪对准自己的胸口时，你还握着他的手；而他的愿望却被包括在你的意志当中……啊！法里斯·拉哈勒，你真聪明！"

胡里·艾斯泰凡摇晃着脑袋，用手指梳理着胡须，坐了下来。他微微一笑，笑中夹杂着比悲剧更为可怕的含义。片刻过后，他从身边取出一本书，开始朗诵起来圣徒艾夫拉姆·席尔亚尼的二重奏韵诗；间或抬头遥望，静听从村中传来的妇女们的呼喊声。

披风后面

夜半时分，拉希尔睁开眼睛，朝天花板望了片刻，然后合上双眼，深深地断断续续地叹了口气，声音近乎喘息地说："晨光照亮了山谷，我们去会见他吧。"

此时，牧师靠近她的床头，摸摸她的手，发觉凉如寒冰；遂将手指轻轻按在她的胸口上，发现她的心静若坟茔。牧师垂下头，双唇打战，仿佛想喊出夜下山谷里的魔鬼常叫的那个神圣字眼。他将拉希尔的双臂合成十字，轻搭在她的胸前，望了望坐在黑暗角落里的那个男子，深情地说："你的妻子已经去见上帝了。老弟，站起来，跪在我的身旁，让我们一起为她祈祷吧！"

男子抬起头，面色如土，两眼直瞪，仿佛在天花板上发现了无名神灵的身影。他静站稍许，然后朝妻子床边走去，跪在牧师身旁，祈祷、号哭，不时地在脸上和胸前画着十字。

牧师站起来，手搭着男子的肩膀，说："老弟，站起来吧！请到另一个房间去，你需要安睡、休息。"

男子没有表示反对，站起身来，朝对面房间走去，接着直挺挺地躺在一张狭窄的床上，仿佛已被忧虑、熬夜折腾得精疲力竭。

没过几分钟，男子便像孩子躺在母亲的怀抱里一样熟睡了。

牧师呆若木鸡似的站在房间中央，眼噙泪水，望着少妇冰冷的尸体，间或回头看看她那熟睡的丈夫。

一个小时过去了。这一个小时较一生漫长，比死亡更可怕。牧师站在两个静卧的男女之间：男子如冬眠大地，梦思着春天的来临；女子与过去的时光共枕，永远漫游在梦乡。

牧师走近少妇床边，就像跪在祭坛前那样，跪在她的面前。他拿起她那冰凉的手，放在自己抖动的唇边，望着她那蒙着死亡面纱的面孔，声音平静如夜，深邃似海，他说："拉希尔啊，拉希尔，你是我灵魂的姐妹。拉希尔，现在我能说话了，请听我说：死神已经打开了我的口，以便向你透露比死亡还深奥的秘密；悲痛松开了我的舌头，以便向你揭示比痛苦更严酷的事件。你旋飞在天地之间的灵魂啊，请你听听我灵魂的呐喊！你可记得那些青年，每当你从田野归来，他们因羞于望你那俊俏的容颜，便猫腰藏进树丛之间；你可记得那位侍奉天主的牧师，他因为你已抵达天城，而毫无惧色地将你呼唤！"

牧师低声吟罢这些语句，伏身亲吻她的前额、双眸和脖颈。热烈的长吻，无声神圣的亲吻，揭示了深居牧师心中的爱情与凄楚的秘密。

牧师突然后退，倒在地上，周身战栗，犹如秋风中的落叶；仿佛与冰冷女子面孔的接触，唤醒了他的懊悔情怀。他跪直身子，双掌捂面，暗自说道：

"主啊，宽恕我的罪过吧！神灵啊，原谅我的懦弱吧！我难以忍耐下去！生命掩埋在我心底的秘密，历时七年之久，而死神则只用一分钟就揭穿了。饶恕我吧，我的主！宽容我的软弱，我的神灵……"

牧师如此恸哭、悲哀不止，左右摇头，他担心泄露心中之秘，避而不看少妇尸首，直到东方破晓，晨曦将它那玫瑰色的饰带搭在那标志着爱情、宗教、生存和死亡的实体的画面上。

雄心壮志紫罗兰

在一座孤零零的花园里，有一株紫罗兰，花瓣艳丽，芳香四溢，幸福愉快地生活在同伴当中，得意扬扬地在群芳之间左右摇动。

一天早晨，紫罗兰戴着露珠桂冠，抬眼环顾四周，看到一朵玫瑰花，躯干苗条，翘首天空，恰似一柄火炬，插在宝石灯上。

紫罗兰咧着她那蓝色的嘴唇，叹息道："唉，在群芳当中，我最不走运；在百卉之中，我地位最低！大自然把我造就得如此低矮渺小，我只配伏在地上生存，不能像玫瑰那样，枝插蓝天，面朝太阳。"

玫瑰花听到邻居紫罗兰的哀叹声，笑着摇了摇头，然后说："百花群里，你最糊涂。你真是身在福中不知福啊！大自然赋予你芳香、文雅和美貌，这都是别的花草所没有的。你还是赶快打消你那些奇异念头和有害想法吧！满足于天赐予你的福气吧！你要知道：虚怀若谷者，地位无比高尚；贪得无厌者，永远贫困饥荒。"

紫罗兰答道：

"玫瑰花，你之所以这样安慰我，是因为你已得到了我想得到的一切；你之所以用格言来掩饰我的低下地位，是因为你伟大高尚。在倒霉者的心中，幸运儿的劝诫是何等苦涩；在弱者面前慷慨陈词的强者，何其冷若冰霜！"

大自然听到了玫瑰花与紫罗兰之间的对话，禁不住打了个寒战，继之提高嗓门，说：

"紫罗兰,我的女儿,你怎么啦?我了解你,你朴实无华,小巧玲珑,温文尔雅,莫非贪欲缠住了你的身,或者虚荣占据了你的心?"

紫罗兰乞怜道:

"强大、恩慈的母亲,我谨向你倾诉我心中的恳求和希冀,万望您答应我的要求,让我变成一株玫瑰,哪怕只有一天。"

大自然说:

"你不晓得你的要求意味着什么。你不知道华美外观后所隐藏的巨大灾难。倘若你的身躯变高,外貌改变,成为一株玫瑰,恐怕到时后悔莫及。"

紫罗兰苦苦哀求:

"改改我的外貌吧!让我变成一株身材高大、昂首蓝天的玫瑰花……到那时,不管怎样,我的愿望总算实现了。"

大自然无奈:

"叛逆的傻瓜,我答应你的要求!倘若遇到灾祸,你只能抱怨自己呆傻。"

大自然伸出她那无形的魔手,轻轻触动紫罗兰的根部,一株高出群芳之首、色彩斑斓夺目的玫瑰花,顿时出现了。

那天傍晚,天色突变,乌云急聚,狂风骤起,撕破世间沉寂,电闪雷鸣,急风暴雨一齐向花园袭来。刹那间,万木枝条尽折,百花躯干弯曲,枝长干高的花木被连根拔掉,幸免者只有伏在地面上、隐身石缝间的矮木小草。

与此同时,那座孤零零的花园也遭受到了其他花园所经历的浩劫和冲击，而且有过之而无不及。

风暴未息，乌云未消，已见园中花落满地。风停云散，只有隐藏在墙根下的紫罗兰安然无恙。

一位紫罗兰少女抬起头来，望着园中花木败落的惨状，得意地微笑了。她当即呼唤同伴："姐妹们，快来看哪！看看风暴是怎样对待那些盛气凌人的高大花木的吧！"

另一位紫罗兰姑娘说："我们低矮，匍匐在地面上，但经过暴风骤雨，我们安然无恙。"

第三位紫罗兰姑娘说："我们的躯体虽然微小，但风雨没把我们压倒。"

就在这时，紫罗兰王后走了出来。她发现昨天还是紫罗兰的那株玫瑰就在自己身边，只见它已被暴风连根拔掉，叶子散落在地上，仿佛身中万箭，被风神抛到了湿漉漉的草丛之间。

紫罗兰王后挺起腰杆，舒展叶片，大声呼唤：

"女儿们，你们仔细看看！这棵紫罗兰为贪欲所怂恿，变成一株玫瑰，挺拔一时，不久便被抛入万丈深渊，但愿这能成为你们的明鉴。"

那株玫瑰战栗着，用尽全身力气，上气不接下气地说：

"知足安分的傻姐妹们，听我对你们说：昨天，我像你们一样，端坐绿叶中间，满足于天赐之福。知足是一个难以逾越的障碍，将我与生活的风暴隔离开来，使我心地坦然，无忧无虑，无难无灾。我本来可以像你们一样，静静匍匐在地面，冬来以雪花裹身，没有弄明大自然的秘密，便与同伴一起步入死一般的沉寂。我本来可以避开那令人贪婪的事情，弃绝那些超越我自身天性的东西。可是，我在静夜里，听上天对人间说：'存在的目的，在于追求存在以外的东西。'于是，我背弃了我的灵魂，一心想得到我不应得到的东西。正是这种贪欲，使背弃心理变成一种巨大力量，使我的内心渴望变成了异想天开的幻想。于是，我要求大自然——大自然不过是我们内心梦想的外观——将我变成一株玫瑰花。大自然立即让我如愿以偿。大自然常用她的偏爱与渴望改变自己的形象。"

玫瑰花沉默片刻，又自鸣得意地说：

"我当了一个小时的皇后。我用玫瑰花的眼睛观看了宇宙，用玫瑰花的耳朵听到苍天窃窃私语，用玫瑰花的叶子感触了光明。诸位当中，谁能得到我这份光荣？"

而后，玫瑰花的脖子弯下去了，用近似喘息的声音说：

"我就要死去了。我心中有一种特殊感触，这是我之前身为紫罗兰时不曾有过的。我就要死去了。我终于了解到自己生活天地之外的一些事情。这就是生活的目的。这就是隐藏在昼夜间发生的偶然事件背后的真正实质。"

玫瑰花合上叶子，浑身一抖，便死去了。此时此刻，她的脸上绽现出神圣的微笑——愿望实现后的微笑——胜利的微笑——上帝的微笑。

诗人

在这个世界上,我是个异乡人。

我是个异乡人。远离故土,孤独寂寞,痛苦难耐,却使我永远思念我不认识的神秘故乡,使我的梦境里出现了我望不到的遥远故土上的影子。

我远离了亲人、朋友。假如遇到一位乡亲,我定会自问:这是何人?我如何与他相识?什么缘分使我与之相逢?我为什么与他接近,和他坐在一起?

我不熟悉自己的灵魂。我听到自己的嘴在说话,我的耳朵对自己的声音感到惊讶。也许我会看到自己的内心在欢笑、哭泣、惊悸,于是,我的天性孤芳自赏,我的灵魂自问自答。但是,我一直默默无声,云雾裹身,沉寂缠心。

我对自己的躯体感到陌生。我站在镜子前,从我的外表上发现了我心中未曾感觉过的东西,从我的眼神里看到了我的灵魂深处不曾隐藏过的秘密。

我漫步在城市的大街上,一伙青年跟在我的背后喊叫:"这是个瞎子。给他一根棍子,供他探路行走!"我急忙躲开他们。我又遇到一群姑娘,她们扯住我的衣角,说:"他聋得像块石头。让我们对着他的耳朵,唱首青春情歌!"我立即离开她们。我又碰上几个壮年人,他们站在我的周围,说:"他是个哑巴,活像一座坟墓。来呀,让我们把他的弯舌弄直!"我甩开他们,慌忙逃去。此后,我见到几位老年人,他们用颤抖的手指着我,说:"他是个疯子,盛怒之时失去了理智。"

在这个世界上,我是个异乡人。

我是个异乡人。我游历过大地的东方和西方,没有找到自己的故乡,也没有碰到认识我的人,更没有人听我诉说衷肠。

清晨,当我醒来之时,发现自己已被囚禁在漆黑的洞穴里,但见毒蛇倒悬穴顶,地上爬满蚁虫。我走出洞穴,去见阳光,只有我的影子跟随着我,思想却已远去,不知奔向何方。夜幕降临,我回到洞穴,躺在用鸵鸟羽毛和骆驼刺树枝铺成的床上,不禁种种奇思异想缠住我的心头,苦甜悲喜,百感交集。夜半时分,无数昔日模影与众多民族亡灵,一同冲出岩缝,突然出现在我的眼前。我望着他们,他们也望望我;我征询似的与他们谈话,他们微笑着回答。我有心拉住他们,却见他们顷刻化为一缕青烟,转瞬踪影不见。

在这个世界上,我是个异乡人。

我是个异乡人。在这个世界上,没有一个人听得懂我心灵的语言。

我漫步在空旷的原野上,看见溪水从山谷深处涌出,直上崇山之巅。我看到光秃的树木,转眼换上绿装,继而开花,结果,落叶,枝条落到谷底,一眨眼变成一条条抖动的毒蛇。我看到鸟儿展翅飞翔,时高时低,阵歌阵啼;转眼间,群鸟落地,变成裸女,个个披头散发，人人脖颈长美，目光含情脉脉，双唇微开笑溢；她们向我伸出手来，那手细嫩洁白，芳香阵阵扑鼻；刹那间，裸女隐去，如云似雾，却听到空中回荡着嘲弄我的笑声。

在这个世界上，我是个异乡人。

我是一个诗人。我用生命写的散文作诗，借生命作的诗写散文。我是个异乡人。我将永远是个异乡人，直至天年竭尽，叶落归根。

言语与夸夸其谈者

我厌烦了言语和夸夸其谈的人!

我的精神对言语和夸夸其谈者也感到疲倦!

我的思想就丢在言语和夸夸其谈者中间!

清晨,我醒来时,看到言语坐在我床旁边的报纸、杂志上,用狡猾、恶毒、虚伪的目光盯着我的脸。

我下了床,靠窗边坐下,想喝杯咖啡,驱赶眼里的困意,言语随我而来,站在我面前,手舞足蹈,狂呼乱叫。我伸手去拿咖啡杯,言语的手紧紧跟随,接着和我一道喝起咖啡。我拿纸烟,言语也拿;我放下,言语也放下。

我去工作,言语紧追着我,在我耳旁叽叽喳喳,在我周围嘀嘀咕咕,在我脑海里噼噼啪啪地响作一团。我想把它赶走,它却咯咯大笑,而后又复叽喳、嘀咕、噼啪。

我上街去,看到言语站在每一家店铺门前,贴在每一家墙壁之上。我看到言语挂在沉默者的脸上,随着他们或动或静,而他们却察觉不出。

假如我与友人坐在一起,那么言语便是第三个人。假若我遇到了敌人,那么言语就会膨胀、伸延,然后分身,变成一支浩浩荡荡的大军。其首在大地东方,其尾在西海之滨。当我离家远走的时候,言语的回声一直响在我的腹中,搅得我胃口欠佳,不思饮食。

我来到法院、学院和学校,发现言语及其父兄让欺骗穿上外衣,让诡计蒙上头巾,给词语穿上鞋子。

我来到工厂、机关、办公室，看到言语站在它的母亲、姑姑、祖母中间，摆动着两片粗厚嘴唇之间的舌头，而她们却朝着它笑，同时朝着我微笑。

我来到寺院、庙宇访问，发现言语高居宝座，头戴做工精细、款式美观的王冠。

晚上，我回到自己的房间，发现日间听到的那些言语像蛇一样倒垂房顶，像蝎子在洞中生殖繁衍。

言语居于天空云外，言语遍布地上地下。

言语栖宿苍穹云霄之上、大海波涛之间，言语布满森林、洞穴和大山之巅。

言语无处不有。那么，喜欢安稳、寂静的人到哪里躲藏呢？

在这个世界上，谁能把我带入哑人的行列？上帝能怜悯我，赐予我以聋哑天质，让我在永恒寂静的天堂中幸福地生活吗？

难道世界上没有这么一个地方，在那里听不到咬牙嚼舌，无卖无买？

天哪！在地球上的居民当中，有不把自己尊为夸夸其谈者的人吗？在人类中，谁的口不为言语盗贼所忌妒呢？

假若夸夸其谈者只有一种，我们就甘愿忍耐了，然而其种类繁杂，不计其数。

一种曰"自卑型"。白天生活在沼泽里，夜幕降临，便靠近岸边，将头露出水面，发出凄楚的叫声，令人耳嫌神烦。

一种曰"蚁虫型"。蚊子也是沼泽的产物，围着你的耳朵飞来旋去，高唱无聊的鬼歌，其经是烦恼，其纬是厌恶。

一种曰"拐磨型"。这是奇特的一伙，各自心中都有一盘用明矾和酒精转动的石磨，发出的声音如同地狱里的响声，其最轻者也比拐磨的声音重。

一种曰"黄牛型"。他们吃足干草，站在街头巷尾，声声鸣叫，其最悦耳者也比水牛叫声粗犷。

一种曰"野猫型"。他们的大部分时间消磨在生活的坟丘之间，将黑暗中的寂静化为啼哭，其最欢快者也比猫头鹰叫得凄惨。

一种曰"锯子型"。他们只能看到生活中的木料，整天分割生活，发出沙沙响声，其最甜润者也比锯子的响声虚弱。

一种曰"鼓皮型"。他们用大锤敲击自己的心灵，空口中发出噼噼啪啪的响声，其最柔和者也比敲击声粗重。

一种曰"悠闲型"。他们没有工作，没有活干，哪里有座位，坐下便聊谈，咕咕噜噜，说个不停，究竟在说什么，谁也听不清。

一种曰"无聊型"。他们和人们捉迷藏，相互捉迷藏，和自己捉迷藏，并以幽默的名义求援；而幽默是严肃的，他们可不知道。

一种曰"织机型"。他们用风织布，但我们一直没有衣裤可穿。

还有一种，名曰"钟铃型"。他们只呼唤人们入庙，而他们却从不入内。

夸夸其谈者门类繁杂，不胜枚举，无法描述，其最奇异者属于冬眠类，整个宇宙都能听到他们的鼾声，而他们自己却不知道。

我已对言语及夸夸其谈者表示了嫌恶之意。我认为自己像一位有病的医生，或是一个罪犯，我伤害了言语，然而又是用言语来诋毁言语。我认为夸夸其谈者是不祥之人，而我也是其中的一名。上帝在送我至没有言语、没有夸夸其谈者的思想、感情、真理森林之前，会宽恕我的罪过吗？！

沙与沫

导读

　　《沙与沫》是诗人、画家纪伯伦的一部散文诗集,是作者心灵里迸发出来的思想火花,充满睿智,值得反复品读。

　　《沙与沫》包含格言、警句、寓言,字字珠玑,句句含金,传达出来的都是正能量,处于彷徨、困顿、浮躁、迷茫、焦虑状态下的人们,读了它,会顿开茅塞,都可以在品味的过程中获得慰藉和鼓舞。

　　书中那三百二十三条箴言超越时空,饱富深刻哲理,体现了全人类的共同感情,可以满足不同心灵的不同需求。此外,词语精妙,最短的只有七个字,最长的也只有八行,语句通达,既有诗歌与音乐的节律之感,又有散文的灵动飘逸之美;既有理性沉思的严肃与冷峻,又有咏叹调式的浪漫与抒情,读来回味无穷。

　　《沙与沫》是一部关于生命、爱情、人性、艺术等人生方方面面的格言散文诗。人生漫长,经幼年、童年、少年、青年、壮年、中年、老年,直到耄耋、米寿、茶寿,俗话说"人无千日好,花无百日红",人生九九八十一道关,关关不能绕过。顺利成功、得到赞扬的日子固然有,但不如意事常八九。吃穿不愁,学业进步,金榜题名,一见钟情,华堂成亲,白头偕老,当然心旷神怡;然而缺吃少穿,无书可读,失恋失眠,大龄成单,老来无靠,自然愁容满面!总之,不论欢乐,还是苦闷,各个年龄段,都有其欢乐与悲伤,人人都有自己的苦与乐,家家都有难念的经。请听纪伯伦的声音:"爱情的悲伤在歌唱,知识的抑郁在谈话,希望的苦闷在低语,贫困的忧虑在号丧。然而有比爱情更深刻的悲伤,比知识更高尚的抑郁,比希望更强烈的苦闷,比贫困更苦涩的号丧。但是,悲伤、抑郁、苦闷、号丧都是哑巴,不声不响;至于它们的眼睛,则灿若群星,闪闪放光。"不管你遇到怎样难过的关,或遇到什么不顺心的事,如何应对,都能在《沙与沫》里找到方案,只要你善于开掘。

纪伯伦是上天赐给世人的礼物,但是他的人生之路十分坎坷。小小年纪,家庭遭遇磨难,父亲被控侵吞税款而入狱,财产被查封。母亲抗争无果,带着四个孩子离开祖国,逃难到了大洋彼岸的波士顿,栖身于脏、乱、差的华人区。十九岁那年,三位亲人相继去世,欠下了15000美元的巨债,只留下他和大妹妹相依为命,挣扎在金元帝国的最下层,生活多么艰难困苦,可以想见。不过,他有幸结识洋伯乐——一座女子学校的女校长玛丽·哈斯凯勒。她发现纪伯伦有绘画天才,主动出资送他赴巴黎学艺,受教于世界美术大师罗丹门下。罗丹很欣赏纪伯伦的天资,赞其为"20世纪的布莱克"。纪伯伦炒股,血本无归;举行画展,画厅失火,画作成灰;两次恋爱,未成正果,终身未娶。移居纽约,不顾病痛,终日伏案写作绘画,高呼"愿望是半个生命,冷漠是半个死亡。"

纪伯伦确乎是位天才,16岁就用阿拉伯文草拟了《先知》,读给母亲。母亲听后说:"太好了!但现在还不到发表的时候。"这就是后来用英文发表的那部散文诗,被誉为"小圣经",震撼西方,人们在教堂里咏诵,传遍全世界。但是,苍天忌才,纪伯伦百病缠身,英年早逝,享年仅仅48岁。

值得一提的是,纪伯伦生前并未得到任何文学大奖,但他的散文诗作却为阿拉伯散文开辟了一片新天地。1983年,正值纪伯伦100周年诞辰之际,联合国教科文组织的《信使》杂志将他与马克思等六人列为20世纪"具有世界影响"的人物。

《沙与沫》内容丰富,时间有限,加之本人才疏学浅,只能浅谈读该书有所感触的四个问题。

记忆与忘却

纪伯伦说"记忆是相见的一种方式",引发我们多种联想。人入花甲,老态凸显,新事记不住,旧事忘不了。儿时,听家长常常讲吕蒙正赶斋的故事,记忆犹新。吕蒙正家贫,以乞讨为生,常遭冷遇,走过几家,人家都说已经吃过饭,没有剩余饭菜。饥肠辘辘的吕蒙正仰天长叹,不期一只乌鸦从他的头顶飞过,拉了一泡屎,正好落到他的嘴里,不胜尴尬。万般无奈,他只得到和尚寺庙去讨斋饭,以果饥腹。后来,吕蒙正发愤读书,考取功名,终于成了一人之下、万人之上的宋朝宰相。当时年幼,不解家长用意,稍大才明白那是在教子好好念书。这个故事深深记在了脑海,仿佛吕蒙正赶斋、发愤读书的影像就在眼前,虽年近耄耋而未忘记。还听先人常说"儿不嫌娘丑,狗不嫌家贫",想起留在记忆中的这一民谚,好像先人的音容笑貌仍在眼前。从小处说,家长教育孩子爱家;如今看来,先人还有叮嘱后辈要爱祖国的用意。

读了地理,得知我国地大物博,人口众多,还有祖先的四大发明,心中自豪感油然而生;读了历史,获知八国联军侵华;到了北京,看到故宫防火水缸上留有黄毛鬼子用刺刀刮金的痕迹,不禁怒发冲冠,洋鬼子敢在皇宫胡作非为,胆子也忒大了!九一八事变,七七事变,东洋鬼子侵华,烧杀抢掠,无恶不作……国耻,不能忘记,除非他们赔礼道歉,方可一笑泯千仇。原来国弱才遭列强欺凌,国耻深刻记忆中,强国强军势在必争。

纪伯伦又说"忘却是自由的一种形式"。不宜开口只谈"四大发明",不能在已获成就上睡大觉。不能忘,火药被洋人用去造了火炮,借罗盘成为海洋大国,用炮舰轰开了中国大门,送来的礼物却是鸦片,毒害国人甚深,使我们成了"东亚病夫"。过去的成就束缚了我们的手脚,使我们失去了自由,弱化了我们的创造力,不妨放下过去,"忘却"过去,让我们摆脱枷锁,获得自由，奋力创新。因为"我们渴望而未得到的东西，总比我们已经得到的东西宝贵。""一个人的价值，不在于他已取得的成就，而在于他希望获得的成就。"我们要满怀愿望强大我们的国家，"愿望是半个生命，冷漠是半个死亡。"国弱的灾难，我们尝够了，只有强大了，才不受欺负，受到尊重。改革开放，成就巨大，下可入地，上可航天，GDP 世界第二，但不容自满，因为 GDP 的人均值只有日本的 1/30，今后还有很长的路要走。我们的根应该深深扎入改革之中，因为纪伯伦说"根乃一朵鄙视荣誉的花"。拿破仑预言："中国是东方一头沉睡的猛狮，一旦醒来，整个世界将为之震颤。"1945 年联合国成立时，苏联和英国都不同意中国成为常务理事国，还是美国时任总统罗斯福有先见之明，他说："中国现在弱，以后会强大起来，理当成为常务理事国。"如今，我们中国刚刚崛起，还远不够强大，猛狮正在醒来，国际上就有"中国威胁论"的喧嚣声传来。纪伯伦早有预言："嫉妒虫在不知不觉中赞扬了我。"原来，嫉妒虫意识到了中国成就，想遏制中国崛起。那倒不必睬那种论调，因为"或许青蛙比牛叫得更响，然而青蛙既不会在地里拉犁，也拖不动酒坊的榨汁轮，更不能取其皮子制鞋。"我们要奋发图强，如纪伯伦说"我宁愿做一个有梦想并有实现梦想愿望的最渺小的人物，也不愿做一个无梦想、无愿望的最伟大的人"，为中国梦大厦添砖加瓦，为建设强国贡献力量。

施予与拜金

世人都道神仙好，唯有金钱忘不了。待到黑金成亿万，庭审判之坐牢了。坐牢是那些不择手段、拼命敛财的不法之徒的归宿。

君子爱财，取之有道。这是千古名训。小人爱财，穷凶极恶，不择手段。被拜金主义征服的"老虎""苍蝇"，个个理念丧失，沦为金钱的奴隶，整个身子钻进了钱眼，不惜滥用职权，徇私舞弊，贪污受贿，行贿索贿，买官卖官，贪赃枉法，穷奢极欲，贪图享受，腐化堕落，生活奢靡，道德败坏，甚至有的"老虎"得意忘形，说什么"官做到我这一级，就没人管了"，猖狂一时，终于走上不归之路。在"虎""蝇"看来，"一切都是假的，只有钱是真的"。还有非法集资，监守自盗，拍假假拍，地下钱庄，欺世盗名，正可谓熙来攘往，皆为钱忙，贪得无厌，造假骗贷，铤而走险，说什么"借的多了，就不用还了"，人格全都丢到了脑后。纪伯伦说："但求上帝喂饱那些穷奢极欲的人""把自己的梦想变成金银的人是最可怜的"。

与拜金主义者相反，数不清的仁人志士发扬中华民族优秀传统，加入一方有难、八方支援的施与队伍，争献爱心，帮助受灾民众渡过难关。他们有力出力，有钱捐钱，有的捐赠生活用品，有的为灾区孩子捐赠图书、文具，有的捐资建希望小学，捐助者慷慨施与，不留姓名，不期回报，确实是慈善的给予。正如纪伯伦所言："在你施舍之时，要羞涩地扭过脸去，不要看接受你施舍的人。"

中国最美女性、时年百岁的电影名人秦怡先生，一次她曾为灾区捐出20万元人民币，连主持人都说她捐得太多了。不过，相比之下，她捐得不是最多，但那却是她的全部积蓄。知情人惊问："您今后怎么生活？"她回答："我还有工资。"真的令人感动！

说到这里，我想到"两弹元勋"邓稼先（1924—1986）先生。

邓稼先原在北京大学教书，他想的是，要到科学水平更高的美国去，学习更先进的知识，掌握更先进的知识后报效祖国。抱着学更多的本领以建设新中国之志，他于1947年通过了赴美研究生考试，于翌年秋进入美国印第安纳州的普渡大学研究生院。由于他学习成绩优异，不足两年便读满学分，并通过博士论文答辩，仅用一年多的时间就获得了博士学位。此时他只有26岁，人称"娃娃博士"。

邓稼先的成就，也进入了美国政府的视线，他们打算用更好的科研条件、生活条件把他留在美国,他的老师也希望他留在美国。纪伯伦说:"他自以为把自己口袋里的东西给你,便能取走你心里的东西,多愚蠢啊!"老师问他:"你去哪里?"他回答:"不能说。"1950年10月,他放弃金元帝国许诺的优越工作条件和生活环境,毅然回到祖国。

邓稼先是中国核武器理论研究工作的奠基者之一,是中国核武器研制与发展的主要组织者、领导者,被誉为"两弹元勋"。

1958年秋,邓稼先得知国家要放一个"大炮仗",他义无反顾,决心参加这项"必须严格保密"的工作,回家即对妻子只说自己"要调动工作",不能再照顾家庭和孩子,通信也会困难。妻子许鹿希表示完全支持。从此,邓稼先的名字便在刊物和对外联络的信息中消失,他的身影只出现在警卫森严的深宅大院、大漠戈壁。邓稼先得知自己将要参加的是原子弹的设计、研制工作,兴奋难眠,同时他又感到任务艰巨,担子十分沉重。

邓稼先不仅在秘密科研院所里费尽心血,还经常到飞沙走石的戈壁试验场。他冒着酷暑严寒,在试验场度过了整整8年的单身汉生活,15次在现场领导核试验,从而掌握了大量的第一手材料。

中国大西北昔日的荒凉景象,就连生存都很难,可见搞科学研究更是难上加难。然而志士们凭着爱国心和革命豪情,硬是把神秘的古罗布泊、马革裹尸的古战场建设成中国第一个核武器试验基地。

邓稼先是中国知识分子的优秀代表,为了祖国的强盛,为了祖国国防科研事业的发展,不计名利,甘当无名英雄,默默无闻地奋斗了数十年。他常常在关键时刻,不顾个人安危,出现在最危险的岗位上,充分体现了他崇高无私的奉献精神。他为祖国的强大奉献出了自己的一切,连同生命。我们再回头看看、想想那些被拜金主义击垮的"老虎""苍蝇",他们面对邓稼先,真的无地自容。2009年9月10日,邓稼先被评为"100位新中国成立以来感动中国人物"。

成功与失败

　　成功与失败几乎是人人经常遇到的问题。人的生理年龄成熟期早于智慧年龄。少年时代由于经历、阅历、经验尚少，常会遇到各种不顺心、不理想的事情，如考试不及格，升学名落孙山，比赛倒数第一，学习成绩不佳，等等，姑且将这种种结果称为失败，令人感到羞涩。相反，因为经历、阅历、经验的不足，少年时代或因学习成绩优秀，升学金榜题名，比赛收得桂冠而心花怒放、得意扬扬，被胜利冲昏头脑，甚至大肆炫耀。失败时不妨借"失败乃成功之母"安慰自己，期待尔后努力。一次成功，应正像纪伯伦所说："当你达到应该知道的终点时，也便到了你应该感觉的起点。"成功后不妨温习纪伯伦的箴言："一个令人羞涩的失败比一个值得炫耀的成功更高贵。"仔细品味这句箴言，也许有更大收获。

　　因为年少，遇有失败，容易气馁，间或遭人嘲笑，甚而被人伤害；相反，人生偶得成功，鲜花掌声频至，易生骄傲自满，说不定被人嘲笑。胜不骄，败不馁，说时容易行时难。纪伯伦说："如果别人嘲笑你，你应该怜悯他；假若你嘲笑他，也许永远不会宽恕自己。如果别人伤害你，你应该忘掉他对你的伤害；假若你伤害他，你会永远记起。其实，别人只不过是附在另一躯体上的、你那最敏感的灵魂。"

　　人间天才少之又少，适度的争强好胜不是缺点，嫉妒却是损人害己的不良心理。"你背朝太阳，就只能看到自己的影子。""只有大悲或大喜才能揭示你的真实。你若想显示自己的真实，那就必须在光天化日下裸舞，或者背上你的十字架。"面朝太阳，才能看到自己的真实，知道自己的不足，意识到"三人行必有我师"的道理所在，摆正自己的位置。纪伯伦说："不如我的人才会嫉妒或憎恶我。没有人嫉妒我，也没有人憎恶我，因为我的地位不在任何人之上。只有比我强大的人才会称赞我或蔑视我。没有人称赞我，也没有人蔑视我,因为我的地位不在任何人之下。"

稍有成功便得意忘形,无限放大自己,目中无人,老子天下第一,此乃普天大忌。纪伯伦告诉我们:"你那最华丽的锦袍是别人织的;你那最可口的一餐是在别人桌上吃的;你那最舒适的床铺是在别人的房子里的。现在请你告诉我:你怎能把自己同别人分开呢?"

龟兔赛跑的寓言故事,大家再熟悉不过。纪伯伦没有赞美乌龟的勇气、谦虚与坚持,而是说"乌龟比兔子更清楚道路的情况"。因为熟知路况,乌龟智慧在胸,确定了自己的战略。兔子骄傲自大,"自满得不肯看他人",半路睡起大觉,二人赛只得屈居第二。

爱情与婚恋

纪伯伦说:"爱情是颤抖的幸福。"过来人说:"有爱才结婚,无爱方离婚。"此话有理,怪不得有人说:"没有爱情的婚姻,是不道德的婚姻。"当下某地离婚率竟达三成多,令人吃惊。离婚的原因多种多样:一方高升,甩掉原配;一方有灾,弃之而去;小三上位,保姆扶正;出轨猜疑,净身出户;瞄上新欢,抛妻弃子……哲人说"婚姻之结是上帝打成的,只有上帝才能解开",大概意思是说婚姻是神圣的结合,但不信上帝的人并不在意此说。时下流行"老牛吃嫩草"戏言,其实古已有之。苏东坡先生曾调侃老友,幽默赋诗一首:"十八新娘八十郎,苍苍白发对红妆。鸳鸯被里成双夜,一树梨花压海棠。"究竟婚姻幸福与否,只有当事人知道,他人都在局外,幽默戏言而已。纪伯伦说:"幽默感便是分寸感。"不过,男人一遇新欢,便抛弃糟糠,只看新人笑,不见旧人哭,此种负心汉,有悖道德,不为人齿。纵然纪伯伦说"即使是最高尚的灵魂,也摆脱不掉肉体的需要",但也应知"当男子触摸到一女子的手时,二人便都触到了永恒的心。"纪伯伦告诫负心汉:"你欠侍奉你的人的东西比黄金贵。你就把你的心献给他,或者为他效力吧!"

容我再谈明星秦怡先生。她小小年纪靠拍戏就能养活11口人的大家庭。她有两段婚姻。16岁时,被一导演约登山游玩,到了山上,不料那男子突然向她求婚,并说如不答应,他就跳崖。哎呀,救命要紧哪!就这样,她嫁给了一个她不喜欢的男人。婚后她生下一女婴,那男人非要把孩子送人,这怎能让做母亲的接受!后来又遇家庭暴力,无奈只有分手。

稍后,秦怡遇到了"电影皇帝",二人相爱成家。"皇帝"是她所爱的人,是一位多面能手,不但会演戏,而且是个好厨师,做的菜色香味美,还是一位优秀裁缝,能女人所能。不过,"皇帝"烟不离手,嗜酒如命。得知丈夫出轨,秦怡淌下了痛苦的眼泪。纪伯伦说:"每个伟人都有两颗心:一颗心在滴血,另一颗心在沉思。"秦怡宽容了丈夫。"皇帝"因饮酒导致胃大出血,病倒在床。秦怡不弃不离,精心照顾他20年,直送他到达人生终点。她生有一子,不幸的是,因受刺激,患上精神分裂症,母亲连拍戏时也带着儿子,一直照顾儿子到其59岁病逝。真爱无价,秦怡不正是这样的一位伟人吗?道德模范、现年98岁的秦怡貌美不输当年,人美心更美。

与"伟人"相反,民国著名骗婚渣男唐季珊就是一个反面典型。渣男总追求有钱有名女子,每每得手。渣男先与乡下富家女成婚,不久离家而去,追求一富家名媛。渣男见那女性的大名不能为他的生意带来利益,便弃之而去,继而追到著名美女明星阮玲玉。在家内家外重重压力之下,阮玲玉被逼自杀,一代才女,芳龄仅二十多岁。渣男与第四个女人离婚后,流浪乞讨,暴死街头。这正中纪伯伦所说:"骗子有时得逞,但终究是自杀。"

当今,男追白富美,女恋高富帅。这样的爱情观不免有些离谱。纪伯伦说:"每个男子都爱着两个女人:一个是他想象力所创造出来的,另一个还未诞生。"世间本来没有完美的彼岸,缺才是真美。同样,女子苦恋的高富帅也不存在。要车，要房，要存款，那就等着吧；等来等去，成了剩女，单独着过吧！

《沙与沫》中的三百二十三条箴言，读上几条，仔细琢磨体味，都会使自己的灵魂感到震撼，仿佛如获至宝，足以让浮躁的心绪平静下来，帮助迷茫的灵魂找到正道。

《沙与沫》是纪伯伦的散文诗代表作之一，译成各种文字，影响广泛深远。纪伯伦的散文诗独具风韵。他的文笔轻柔、凝练、隽秀，宛如行云流水；词语清新、奇异、俏丽，色彩斑斓夺目；哲理寓意深邃，比喻别致生动，想象力无比丰富；加之那富有格调的天启预言式语句，还有那铿锵有力的音乐节奏感、运动跳跃感，构成了世人公认的独特风格，被誉为"纪伯伦风格"。在欣赏美妙文字的同时，也会使灵魂得到陶冶、净化和升华。《沙与沫》正是纪伯伦的这样一部散文诗代表作。

李唯中

沙与沫

一

在这沙滩上,我徜徉到永远,
徜徉在沙与沫之间。
涨潮时,海水会抹去我的脚印,
风会把水沫吹得很远很远,
然而海和海滩会存在到永远。

二

一次,我手里攥着一把雾霭,
我把手伸开,忽见雾霭变成了一条虫子。
我握上手,再次伸开,却见掌中有一只鸟儿。
我合上掌,第三次伸开,
忽见我的掌心上站着一个人,那个人愁容满面,仰望高天。
我合上掌,又张开时,只见掌中仅存雾霭。
但是,我却听到了一支歌,曲调是那样的甜。

三

仅在昨天,我还自以为是碎片,不住颤抖,杂乱无章,运行在生命的苍穹间。

现在我已知道,我就是苍穹,生命是在我心中运动着的、排列有序的碎片。

四

他们醒时对我说:"你和你生活的那个世界,不过是无际大海边上的无尽沙滩中的一粒沙子。"

我梦中对他们说:"我就是无垠的大海,大千世界不过是我的岸边的几粒沙子。"

五

我有一次哑口无言:当一个人问我"你是谁"时。

六

神第一念想到的是:天使。

神第一语说出的是:人。

七

我们在丛林中接受大海和风的语言启迪之前的数万年中,本是迷茫徘徊、无路可走和仅存渴望的人类。

如今,我们又怎能用昨天的声音表述史前岁月呢?

八

斯芬克斯只开过一次口。他说:"一颗沙粒便是沙漠;沙漠就是一颗沙粒。现在，让我们再次沉默吧！"

我听到斯芬克斯的话，但我不明白。

九

我一旦看到一个女人的面孔，便看到了她所有的已出生和未生出的孩子。

一个女人看到我的面孔，也便认识了我所有的在她出生前就已逝去的先人。

十

如今，我真想证实我的存在。可是，在我变成一颗供智慧生命队伍漫步的星球之前，这个愿望如何能实现呢？

难道这不是每个生灵为之奋斗的目标吗？

十一

任何一颗珍珠都是苦难在一粒沙子周围建起的一座神殿。

究竟是什么渴望在哪粒沙子周围建造成我们躯体的呢？

十二

当神把我当作一颗石子投向这汪奇异的湖水时，我用无数波圈搅乱了平静的湖面。

但当我到达湖底时，笼罩我的却是一片寂静。

十三

赐我以静默,我便敢于用之征服黑夜。

十四

我的灵魂与肉体相爱并结亲时,我便有了再生。

十五

我认识一个人,他听觉敏锐,但是个哑巴。因为他在一次战斗中失去了舌头。

我现在才知道他陷入这巨大沉默之前所参加的是哪一次战斗。我为他的死感到高兴。

这世界何其狭窄,竟同时容纳不下我们俩。

十六

我躺在埃及大地的泥土里,沉睡了多少岁月,默默无语,不辨季节更替。

之后,太阳赐予我生命。我站起来,行走在尼罗河畔,与白昼一起唱着歌,与黑夜一同做着梦。

如今,太阳用千只脚踩我,期望我再次沉睡在埃及大地泥土之中。

不过,请看惊人的奇迹和令人难解的谜团出现了:

将我聚集起来的太阳,却不能把我分解开来。

我依然站立在尼罗河两岸,信步行走。

十七

记忆是相见的一种方式。

十八

忘却是自由的一种形式。

十九

我们用无数太阳的运转测定时间。

他们测定时间则用他们口袋里的工具。

现在,请你告诉我:我们怎样才能在确定的时间和地点相会呢?

二十

对于那些从银河窗口俯视的人来说,空间就不是地球与太阳之间的空间了。

二十一

人性是一条光河,从无始流到永恒。

二十二

徘徊在能媒里的精灵,难道不羡慕人的痛苦吗?

二十三

在通往圣城的路上,我遇见了另外一位朝圣者,问他:"这是通往圣城的路吗?"

他说:"你跟我来,一天一夜就能够到达圣城。"

我跟着他走去。我们走了几天几夜,也没有到达圣城。

我大吃一惊,当时他竟然对我大发雷霆,只因为他给我带错了路。

二十四

主啊,在您使野兔成为我的猎物之前,还是让我成为雄狮的猎物吧!

二十五

人只有沿着黑夜之路前进才能到达黎明。

二十六

我的住宅对我说:"你不要弃离我!这里居住着我的过去。"

道路对我说:"来吧,沿着我走下去吧!我就是你的未来。"

我对住宅和道路说:"我既没有过去,也没有未来。我居留在这里,居留中包含离去;我离开这里,离去中包含居留。唯有爱情和死亡能改变一切。"

二十七

安卧在羽绒床上人的梦,并不比睡在尘土上那些人的梦更美。我怎能对生命的公正失去信念呢?

二十八

多么奇怪!对于某些享乐的向往,竟是我的某种痛苦。

二十九

我有七次藐视自己的灵魂:

第一次,我发现她想高升时,故作谦恭下士。

第二次,我看见她在瘸子面前跛行。

第三次,当让她在难与易之间选择时,她弃难而择易。

第四次,她犯了错误,却以别人也犯了错误而自感欣慰。

第五次,当她容忍软弱时,她却把忍耐视作坚强。

第六次,她鄙弃一张丑陋面孔,但她不知道那正是她的一张面具。

第七次,她大唱赞歌,并且将之当作一种美德。

三十

我对绝对真理一无所知。但是,我在自己的无知面前感到心悦诚服,这其中蕴藏着我的荣耀和报偿。

三十一

人的想象与现实之间的距离,只有向往之心才能超越。

三十二

天堂就在隔壁房间的门后,但钥匙丢了,也许我仅仅忘记了放的地方。

三十三

你是盲人,我又聋又哑,那就手摸手以求彼此了解吧!

三十四

一个人的价值,不在于他已取得的成就,而在于他希望获得的成就。

三十五

我们中有的人像墨,有的人像纸。若不是有人是墨,另一些人就会变成哑巴;若不是有人洁白,另一些人就会变成瞎子。

三十六

给我一只耳朵,我便给你声音。

三十七

我们的大脑是一块海绵,我们的心是一条溪水。
然而我们大多数人宁愿吸收却不肯奔腾,岂不怪哉?

三十八

当你向往着无名恩赐,又不知何故而悲伤时,你便与生长着的万物一道成长,高升直向你的"大我"。

三十九

当一个人沉醉于一种梦幻之中时,他就是把自己对梦幻的轻淡表述认作香醇本身了。

四十

你喝酒也许是为了醉,而我喝酒却为了从另外一种醉酒中清醒过来。

四十一

我把酒杯喝空时,就让其空着;但当酒杯半满时,我却恨其半空。

四十二

他人的实质,不在于他所表露的,而在于他未表露的。
你若想了解他的实质,就不要听他说的,而要听他没说过的话。

四十三

我对你说的一半话是没有意义的;我之所以说,但期你听到另一半。

四十四

幽默感便是分寸感。

四十五

当人们赞美我高谈阔论的缺点,责备我沉默寡言的美德时,我的孤寂感便产生了。

四十六

当生命找不到歌手唱出她的心声时,她便造就一位哲学家阐述她的心思。

四十七

真理,在任何情况下都是为人所知的,只是在某种情况下才被人讲出来。

四十八

我们先天的真实都是沉默寡言的,而后天所得才变成多嘴多舌。

四十九

我的生命之音传入你的生命之耳;不过,还是让我们交谈吧,以期排除寂寞。

五十

两个女人交谈,什么也讲不出来。一个女人自言自语,却道出了生命中的一切。

五十一

或许青蛙比牛叫得更响,然而青蛙既不会在地里拉犁,也拖不动酒坊的榨汁轮,更不能取其皮子制鞋。

五十二

只有聋哑人才妒忌健谈的人。

五十三

如果冬天说:"春天居于我的心中。"谁会相信它的话呢?

五十四

每粒种子都是一个愿望。

五十五

假若你睁大眼睛,便会在每一个形象中看到你自己的形象。
假若你侧耳聆听,便会从每一种声音中听到你自己的声音。

五十六

揭示真理需要两个人合作:一个人将之说出,另一个人把它理会。

五十七

言语的波涛在我们的上面永久喧嚣,然而我们的深处永远是寂静无声的。

五十八

有多少学院,都像玻璃窗一样,我们透过它看真理,而它又把我们同真理隔开。

五十九

让我们玩捉迷藏吧！假若你藏在我的心里，我就不难找到你；但你若藏在你的躯壳里，谁也休想把你找到。

六十

也许一个女人能用微笑遮盖自己的脸。

六十一

能同一颗欢悦之心共唱快乐之歌的忧伤之心是多么高尚！

六十二

想了解女人的内心，或认识天才，或想弄清沉默秘密的人，就像试图从美梦中醒来便坐在早餐桌上的人。

六十三

我愿意与行人一道前进，而不愿呆呆地站在那里，眼看着队伍从我面前走过。

六十四

你欠侍奉你的人的东西比黄金贵。你就把你的心献给他，或者为他效力吧！

六十五

我们的生命并未空耗。难道那些城堡不是用我们的骨头垒起来的吗?

六十六

我们不要过分苛求,不要不拘小节。诗人的心灵和蝎子的针尾,都是在同一块土地上生长出来的。

六十七

伴随着每一条毒龙的产生,必有一个屠龙的圣·乔治诞生。

六十八

树木是大地写在天幕上的诗。我们将树木伐下来做纸,记录下我们的空虚。

六十九

如果你有写作欲望——只有圣人才知道那种欲望——那么,你必须有知识、艺术和魔术:遣词的音乐知识,非矫揉造作的艺术,热爱读者的魔术。

七十

他们把自己的笔蘸在我们的心中,便以为自己已经得到了灵感。

七十一

如果一棵树也写自传,那将不会异于一个民族的历史。

七十二

如果要我在"写诗能力"和"诗写成前的心理陶醉"之间选择,我必选择那种"陶醉",因为那是更为美妙的诗。

但是,你和我的所有邻里都说我不善选择。

七十三

诗不是表述出来的一种意见,而是从带血的伤口或微笑的嘴里溢出来的一支歌。

七十四

词语不受时间限制。当你用它说话或写作时,当知道它的这个特点。

七十五

诗人是一位退位的君王,坐在自己的宫殿废墟里,试图从废墟里塑造出一种形象。

七十六

诗是大量欢乐、痛苦和惊奇,外加少许语汇。

七十七

诗人寻找自己心中诗歌的源泉,那是徒劳无益的。

七十八

有一次,我对一诗人说:"只有你死后,我们才能评估你的价值。"

诗人答道:"是的,死神总是揭示隐秘。你如果真想晓得我的价值,那么,你该知道,我心中的比口说出的多,我想写的比手里的多。"

七十九

你如果歌唱得美,即使在沙漠腹地,也会发现有人聆听你的歌声。

八十

诗是迷心醉神的智慧。

智慧是思想里唱的歌。

我们若能使一个人心迷神醉,并且在其思想里唱歌,那么,我们便真的生活在神的影子里了。

八十一

灵感从不停止歌唱;灵感从不解释。

八十二

为了让孩子睡,我们常常唱催眠曲,但求我们自己也进入梦乡。

八十三

我们所有的词语,不过是思想筵席上散落下的碎食屑。

八十四

苦思常是诗歌道路上的绊脚石。

八十五

杰出的歌唱家是能把我们的沉默化为歌声的人。

八十六

如果你的嘴里含满食物,你怎能唱歌呢?

如果你的手里满把黄金,你怎举手祈福?

八十七

人们说夜莺唱情歌时,将刺扎进自己的胸膛。

我们都这样干。不然,我们怎能歌唱?

八十八

天才,不过是迟来的早春里知更鸟唱的一支歌。

八十九

即使是最高尚的灵魂,也摆脱不掉肉体的需要。

九十

疯子是音乐家,才能并不比你逊色;不过,他所弹奏的乐器稍稍乱了节拍。

九十一

默默隐藏在母亲心中的歌,由孩子的双唇唱了出来。

九十二

没有不能满足的愿望。

九十三

我与另一个自我从未完全一致过,似乎真理将我俩隔开。

九十四

你的另一个自我常为你而惆怅。但是,你的自我在惆怅中成长。那么,也就没有任何妨害了。

九十五

除了在那些灵魂酣睡、躯体失调的人们的思维里,灵魂与躯体之间是没有斗争的。

九十六

当你到达生命的内核时,你将感触到万物中存在的美,甚至在瞧不见美的眼睛里。

九十七

我们活着是为了寻找美，其他一切只不过是形形色色的等待。

九十八

播下一粒种子，大地给你一朵花。赠给蓝天以梦想，蓝天会给你送来情人。

九十九

因为魔鬼在你出生的那天就死了，所以你不必通过地狱去见天使。

一百

许多女子借到了男子的心，但很少女子能占有它。

一百零一

你若想占有某种东西，千万不要求之。

一百零二

当男子触摸到一女子的手时，二人便都触到了永恒的心。

一百零三

爱是情侣间的面纱。

一百零四

每个男子都爱着两个女人：一个是他想象力所创造出来的，另一个还未诞生。

一百零五

不宽容女人小错的男子，永不会欣赏她们的大德。

一百零六

不能日日自新的爱情会变成一种习惯，不久会变成奴役。

一百零七

情侣拥抱的是他们之间的某种东西，而没有相互拥抱。

一百零八

爱情与猜疑绝不相互交谈。

一百零九

爱是光明之字，由光明之手将之书在光明之页上。

一百一十

友情永远是一种甜蜜责任，绝不是一种可取的机会。

一百一十一

若不在各种情况下了解你的朋友,你就永远不能了解他。

一百一十二

你那最华丽的锦袍是别人织的;

你那最可口的一餐是在别人桌上吃的;

你那最舒适的床铺是在别人的房子里的。

现在请你告诉我:你怎能把自己同别人分开呢?

一百一十三

你脑所思与我心所想永远不会一致,除非你的脑不再徘徊在数字中,我的心不再恍惚于雾霭里。

一百一十四

不把语言简略到七十个字,我们是不能相互了解的。

一百一十五

除了我的心碎裂,你又怎么能够使之启封呢?

一百一十六

只有大悲或大喜才能揭示你的真实。

你若想显示自己的真实,那就必须在光天化日下裸舞,或者背上你的十字架。

一百一十七

如果大自然留心我们说的知足的话,江河便不会注入大海,你也就见不到冬天变成春天。

如果大自然注意到我们所说的积攒之类的话,我们还有多少人能呼吸到这空气呢?

一百一十八

你背朝太阳,就只能看到自己的影子。

一百一十九

你面对着白天的太阳时是自由的,面对着黑夜的繁星时是自由的。

没有太阳、月亮和繁星时,你是自由的。你合上眼睛,不看世间万物时,你是自由的。

然而,你又是你所爱的人的奴隶,因为你爱他。

你也是爱你的人的奴隶,因为他爱你。

一百二十

我们都是庙门前的乞丐,国王出入庙门时,我们都能得到一份恩施。

然而我们相互嫉妒,这是蔑视国王的另一种方式。

一百二十一

你不能吃过多的食物,要与另一个人分享面包,还要为不速之客留下一点儿。

一百二十二

如果没有客人,我们的房舍会变成坟墓。

一百二十三

一只和善的狼对一只天真的羊说:"你何不光临寒舍造访呢?"

羊回答道:"如果贵府不在阁下腹中的话,我将以造访贵府为荣。"

一百二十四

我在门口拦住客人,说:"不必了!进门时不必擦脚,等出门时再擦吧!"

一百二十五

慷慨并不在于你把我比你更需要的东西给我,而是把你比我更需要的东西给我。

一百二十六

你施舍时确乎是慈善的。在你施舍之时,要羞涩地扭过脸去,不要看接受你施舍的人。

一百二十七

最穷者与最富者之间的差别,不过在于一整天的饥饿和一时辰的干渴。

一百二十八

我们常向明日告贷,借以偿还昨天债务。

一百二十九

我也曾见天使和魔鬼来访问我,但我把他们打发走了。
天使来访时,我念了一段旧祈祷文,天使烦而走开。
魔鬼来访时,我犯了一次旧的过错,魔鬼离我而去。

一百三十

这倒不是坏监牢,但我不喜欢隔开我的牢房和另一牢房的这堵墙。
不过,我向你保证:我既不责备狱卒,也不责备建造监牢的人。

一百三十一

你要鱼却给你蛇的那些人,也许他们没有别的什么东西可给你。那么,从他们那方面来说,也算是慷慨了。

一百三十二

骗子有时得逞,但终究是自杀。

一百三十三

当你宽恕那些从不杀人的杀人犯、从不行窃的贼、从不说谎的骗子时,你才是真正宽宏大量的人。

一百三十四

能把手放在善恶分界线上的人,就能触及上帝锦袍边沿了。

一百三十五

假若你的心是座大山,怎能指望在你的手掌里开出鲜花呢?

一百三十六

好一个奇异的自欺方式!我有时宁愿受害和被骗,也好过让我嘲弄那些以为我不知道自己受害被骗的人。

一百三十七

对于明明是追求者却假装被追求者的人,我有什么话好说呢?

一百三十八

在你的长袍上擦一双脏手的人,你就让他把你的长袍拿去吧!也许他还需要你那件长袍,你肯定不会要它了。

一百三十九

可惜的是钱币兑换商做不成好园丁。

一百四十

千万不要用你后天所学到的德行粉饰你的先天缺陷。我宁愿你有这些缺陷,它与我的缺陷又何其相似啊!

一百四十一

我常把自己从未犯过的罪过拉到自己的身上,以让别人在我面前感到宽舒。

一百四十二

生命的面具是比生命更深刻的奥秘的面具。

一百四十三

也许你只能根据你对自己的了解去判断别人。

现在请你告诉我,我们中间,谁是无辜的,谁是罪人呢?

一百四十四

自感应承担你的一半过失的人,才是真正的公正者。

一百四十五

只有白痴和天才,才会破坏人制定的法律,因为他们最接近于上帝的心。

一百四十六

你只有被追赶时才会飞跑。

一百四十七

我没有敌人。假如我有敌人,神主会让其与我势均力敌,使胜利归于真理。

一百四十八

死神会使你与你的敌人重归于好。

一百四十九

也许一个人为了自卫会自杀。

一百五十

许久以前,一个男子被钉在十字架上,因为他过分爱人,人们也过分爱他。

奇怪的是我昨天三次遇见他:

第一次,他求警察不要把一个妓女送进监牢。

第二次,他正和一个贱民一起喝酒。

第三次,他正在教堂里与一个检察官拳斗。

一百五十一

如果他们所谈论的善与恶均正确无误,那么,我的一生便是连续犯罪。

一百五十二

怜悯是一半公正。

一百五十三

唯一对我不公正的,是那个我对其兄弟不公正的人。

一百五十四

当你看见一个人被带往监狱时,会心中暗想:"也许他是从更狭窄的一个监狱中逃出来的。"

当你看见一个醉汉时,会自言自语:"也许他借此摆脱更丑恶的事物。"

一百五十五

我常常憎恶人们,以求自卫;假若我是个更强有力的人,我就不用这种武器了。

一百五十六

用唇间的微笑掩饰双目中憎恶之情的人多么愚蠢!

一百五十七

不如我的人才会嫉妒或憎恶我。

没有人嫉妒我,也没有人憎恶我,因为我的地位不在任何人之上。

只有比我强大的人才会称赞我或蔑视我。

没有人称赞我,也没有人蔑视我,因为我的地位不在任何人之下。

一百五十八

你对我说:"我不了解你。"这话是对我的过分赞扬,对你说来则是不恰当的轻蔑。

一百五十九

生命给我的是黄金,我给你的是白银,还自以为慷慨,我多卑鄙。

一百六十

当你达到生命中心时,你将发现自己既不比罪犯高,也不比先知低。

一百六十一

奇怪的是,你只可怜脚步缓慢者,而不可怜头脑迟钝者;你只可怜盲于目者,而不可怜盲于心者。

一百六十二

瘸子不在他的敌人的头上敲断他的拐杖,那还是比较聪明的。

一百六十三

他自以为把自己口袋里的东西给你,便能取走你心里的东西,多愚蠢啊!

一百六十四

生命是一支队伍。脚步慢的人认为队伍行进太快,于是落伍了。脚步快的人认为队伍行进太慢,于是他离开了队伍。

一百六十五

如果真有名叫"罪孽"的事,那么,我们当中有些人在追随祖先的足迹,倒着作孽;有的人对孩子管教过分严厉,超前作孽。

一百六十六

真正的好人,是与众人都认为是坏人的人站在一起的人。

一百六十七

我们都是囚犯,但有的被关在有窗的牢房里,有的被关在无窗的牢房里。

一百六十八

奇怪的是我们为自己的丑行辩护的热情,竟然高于维护功德的热情。

一百六十九

假若我们坦诚地相互揭露罪过,必互相嘲笑,因为我们不能创新。

一百七十

假若我们都来表露我们的功德,也会因为我们不能创新而大笑。

一百七十一

一个人在背离世俗惯例之前,他是居于人为法律之上的;当他一旦背离了世俗惯例,他就既不在任何人之上,也不在任何人之下。

一百七十二

政府是我与你之间的契约,我和你则常常是错的。

一百七十三

罪恶要么是需要的代名词,要么是疾病的一种表征。

一百七十四

还有比意识到别人的罪恶更大的过错吗?

一百七十五

如果别人嘲笑你,你应该怜悯他;假若你嘲笑他,也许永远不会宽恕自己。

如果别人伤害你,你应该忘掉他对你的伤害;假若你伤害他,你会永远记起。

其实,别人只不过是附在另一躯体上的、你那最敏感的灵魂。

一百七十六

你想让人们用你的双翅飞翔,而你连一根羽毛都没有,你多轻率呀!

一百七十七

一次,一个人坐在我的餐桌上,吃我的面包,喝我的酒,走时还嘲笑我。

之后他又来要吃喝时,我拒绝了他;于是,天使嘲笑我。

一百七十八

憎恶是一种死了的东西,你们谁愿做坟墓?

一百七十九

被杀者的光荣在于他不是凶手。

一百八十

人道的保护者是在其沉默寡言者的心怀中,而不在其多嘴多舌的思维里。

一百八十一

人们以为我疯了,因为我不肯拿我的光阴去换金钱;我也认为他们疯了,因为他们竟认为我的光阴可以用钱买。

一百八十二

他们把他们最重要的金、银、象牙和黑檀摆在我们的面前,我们把我们的心地和精神摊在他们的面前;然而他们却自以为是主人,倒把我们当作客人了。

一百八十三

我宁愿做一个有梦想并有实现梦想愿望的最渺小的人物,也不愿做一个无梦想、无愿望的最伟大的人。

一百八十四

把自己的梦想变成金银的人是最可怜的人。

一百八十五

我们都在攀登我们心底愿望的高峰。

如果某登山伙伴偷了你的干粮和钱包,干粮肥了他的身骨,而钱包加重了他的负荷,你应该可怜他;他,则因肥胖而攀登困难,负重延长了他的攀登路途。

你体瘦身轻,若看到他因肥胖而攀登时气喘吁吁,就帮他一把,他将加快你的登高速度。

一百八十六

你不能超越自己对人的了解去判断任何人,而你对人的了解又是那样肤浅。

一百八十七

我不喜欢听任何征服者对被他征服的人们说教。

一百八十八

真正自由的人,就是忍耐地扛着奴隶枷锁的人。

一百八十九

一千年前,我的邻居对我说:"我憎恨我的生命,因为它只不过是一种令人痛苦的东西。"

昨天,我走过墓地,看见生命正在他的坟墓上跳舞。

一百九十

大自然的竞争只不过是渴望秩序的杂乱。

一百九十一

孤独是无声风暴,摧折了我们的枯枝;虽然如此,它却把我们的活根更深地送进了活的大地中的跳动着的心底里。

一百九十二

有一次,我对小溪谈起大海,小溪认为我陷于幻想,过分夸张。
另一次,我对大海谈起小溪,大海认为我求全责备,损人声誉。

一百九十三

竟把蚂蚁的忙碌抬到纺织娘的歌喉之上,眼界何其狭窄!

一百九十四

这个世界的最高德行,也许是另一个世界里的最低标准。

一百九十五

深与高达到的深度和高度都是直线的;只有那广阔的,才能绕圈转。

一百九十六

如果没有度量衡观念,也许我们站在萤火虫面前就像站在太阳面前一样顶礼膜拜。

一百九十七

只是科学家而无想象力,就像持钝刀和旧秤的屠夫。

既然我们并不全是素食主义者,你又该如何呢?

一百九十八

你唱歌时,饥饿者用肚子听。

一百九十九

死亡离老人并不比离婴儿更近,生命亦如此。

二百

如果你确实必须坦率表白,那就坦率得干脆些;不然,你就缄默不言,因为我们邻居有一个人快要灵魂归天。

二百零一

或许人间的葬礼正是天上的婚庆。

二百零二

一个被忘却的现实可能死去,其遗嘱里却留下七千条可作为丧葬、建墓费用的真情实况。

二百零三

其实我们只对自己说话,但有时声音大一些,好让别人听见。

二百零四

明显的东西,人们总是视而不见,非要等人指点。

二百零五

如果银河不在我的心意中,我怎能看得见它或了解它呢?

二百零六

他们是不会相信我是个天文家的,除非我是医生当中的一个医生。

二百零七

也许大海给贝壳下的定义是珍珠。
也许时间给煤炭下的定义是钻石。

二百零八

荣誉是热情站在阳光下的影子。

二百零九

根乃一朵鄙视荣誉的花。

二百一十

美之外,既无宗教,也没科学。

二百一十一

我所了解的伟大人物的品格中总有些渺小的东西；正是这渺小的东西防止了懒散、狂妄或自杀。

二百一十二

真正伟大的人，是既不想压制任何人，也不受任何人压制的人。

二百一十三

我决不会仅仅因为他杀了罪犯和先知，便相信他是平庸无能之辈。

二百一十四

容忍是对狂症害上的相思病。

二百一十五

多怪呀！虫子会转身拐弯，就连大象也会屈服。

二百一十六

也许争论是两个头脑之间沟通的捷径。

二百一十七

我是烈火，我也是干柴；我的一部分正在吃我自身的另一部分。

二百一十八

我们都在寻找圣山的顶峰；假若我们只把过去当作地图而不当作向导，我们的路不是更短了吗？

二百一十九

当智者高傲得不肯哭，庄重得不肯笑，自满得不肯看他人时，智慧也就不成其智慧了。

二百二十

如果我用你所知道的一切塞满我的内心，哪里还能容纳你所不知道的一切呢？

二百二十一

我跟从善说的人学到了沉默，跟从偏执的人学到了宽容，跟从残酷的人学到了怜悯；不过，奇怪的是我并不感谢这些老师。

二百二十二

极端的修行者是极聋的演说家。

二百二十三

嫉妒者的沉默是喧嚣。

二百二十四

当你达到应该知道的终点时,也便到了你应该感觉的起点。

二百二十五

夸张是暴怒的真理。

二百二十六

假若你只看到光所显示的,只听到声音所宣告的,那么,你实际上没有看也没有听。

二百二十七

事实是没有性别区分的真理。

二百二十八

你不能同时集笑和粗暴于一身。

二百二十九

最接近我心的,是没有国土的国王和不知如何求乞的穷人。

二百三十

一个令人羞涩的失败比一个值得炫耀的成功更高贵。

二百三十一

在你想到的任何一块土地上挖掘，都能找到宝库，只是要用农夫的信念去挖就是了。

二百三十二

一只狐狸被二十名骑士和二十条猎犬追逐，它说："无疑他们想杀死我。可是，他们是多么懦弱、多么愚蠢啊！二十只狐狸骑着二十头毛驴，带着二十只狼去追杀一个人，真是太不值得了。"

二百三十三

我们的头脑屈从于我们自己制定的法律，而我们的精神从不屈从。

二百三十四

我是旅行家，也是航海家；伴随着每天日出，在我的灵魂中都会出现一个新大陆。

二百三十五

一个女人抗议道："可以肯定那是一场正义战争。我的儿子在那场战争中倒下了。"

二百三十六

我对生命说："我真想听到死神说话。"

生命稍稍提高声音，说道："你现在就听到她说话了。"

二百三十七

当你弄明生命的所有奥秘时,你就渴望死亡,因为死亡也是生命的另一个奥秘。

二百三十八

生与死是勇敢的两种最崇高的表现。

二百三十九

我的朋友,

对于生命,你和我将永远是陌生的,

我们彼此也永远是陌生的,

我们每个人对自己也会是陌生的,

直到有一天你说我听,

我把你的声音当作我的声音;

当我站在你的面前时,

自认为我是站在镜子前。

二百四十

他们对我说:"你了解自己,也便了解所有人。"

我说:"我不探索所有人,是无法了解自己的。"

二百四十一

人有两个自我:一个在黑暗中醒着,另一个在光明中睡觉。

二百四十二

隐士弃绝了部分世界,以期不受干扰地享受整个世界。

二百四十三

学者与诗人之间隔着一片秀美田野,如果学者穿越过去,他就变成了圣贤;如果诗人穿越过来,他就变成了先知。

二百四十四

昨天,我看见一伙哲学家用篮子拎着他们的头,在市场上高声叫卖道:"智慧……卖智慧!"

多么可怜的哲学家!他们必须卖自己的头,才能养活自己的心!

二百四十五

一个哲学家对一个清道夫说:"我可怜你,你的工作又苦又脏。"

清道夫说:"谢谢你,先生。请告诉我,你是做什么的?"

哲学家答:"我研究人的思维、行为和愿望。"

这时,清道夫转脸拿起扫帚,笑着说:"我也可怜你。"

二百四十六

听真理的人并不比讲真理的人低下。

二百四十七

人是不能在必须与奢侈之间划分界限的。只有天使能划分;天使聪慧,机敏。也许天使就是我们在天空中的更高尚的思想。

二百四十八
在托钵僧心里找到自己的宝座的,才是真正的王子。

二百四十九
慷慨是超过自己能力的施与,自大是低于自己需要的索取。

二百五十
其实你不欠任何人的。你把自己的全部所有看成欠所有人的债。

二百五十一
所有以前生活过的人,现在和我们一起活着。
我们中谁也不愿意怠慢客人。

二百五十二
向往多的人寿长。

二百五十三
他们对我说:"一鸟在手,等同十鸟在树。"
但我说:"树上的一鸟一羽,胜过十鸟在手。你对那根羽毛的追求,就是脚下生翅的生命,而且是生命的本身。"

二百五十四

世间只有两种要素,美和真:美在情侣的心上,真在耕夫的臂腕。

二百五十五

伟大的美将我俘获,但更伟大的美却从它的掌中将我释放。

二百五十六

美在渴望美的人心里,比看到美的人眼里所发出的光更加灿烂。

二百五十七

我喜欢向我吐露心事的人;我敬重向我展示梦想的人。可是,在服侍我的人面前,我却为什么腼腆,而且感到害羞呢?

二百五十八

过去,有才华的人以侍奉王子而自豪。
今天,他们已把侍奉平民视为光荣。

二百五十九

天使们知道,许多讲究实际的人,都是就着梦想者额头上的汗水,吃他们的面包。

二百六十

幽默往往是一副面具;你一旦将之扯下,便会发现一种被激怒的天赋或一种被扭曲的聪慧。

二百六十一

聪颖者把聪颖功归于我,呆钝者把呆钝罪归于我。我想二者都是对的。

二百六十二

只有心存秘密之人,才能猜透我们心中的秘密。

二百六十三

只能与你同甘而不能共苦的人,定将失去天堂七座门中一座门的钥匙。

二百六十四

是的,果有涅槃境界。

它在你赶着羊群到了青草茂密的牧场之时,它在你哄孩子入睡之时,它在你写完长诗的最后一行时。

二百六十五

我们选择我们的欢乐和忧愁,是在我们长期体味它们以前。

二百六十六

忧伤不过是两座花园间的一堵墙。

二百六十七

你的欢乐或忧伤一变大,世界在你的眼里就变小了。

二百六十八

愿望是半个生命,冷漠是半个死亡。

二百六十九

今日的悲哀中最苦的东西,恰是昨天欢乐的追忆。

二百七十

他们对我说:"你一定要在今生的欢乐与来世的平安之间做出选择。"

我对他们说:"我已经同时选择了今生的欢乐和来世的平安。因为我打心底里知道最高尚的诗人,只写过一首韵律俱佳的长诗。"

二百七十一

信仰是心中的绿洲,思想的驼队永远到达不了那里。

二百七十二

当你到达你的顶峰时,你将感到愿望只是为了愿望,饥饿为了饥饿,干渴为了更强烈的干渴。

二百七十三

当你把自己的秘密吐露给风时,你千万不要责怪风把你的秘密吐露给树木。

二百七十四

春天的花是天使们在早餐桌上谈论的冬天的梦。

二百七十五

臭鼬对月下香说:"你看我跑得多快,而你既不能走,也不会爬!"

月下香对臭鼬说:"哦,高贵的飞毛腿,快跑你的吧!"

二百七十六

乌龟比兔子更清楚道路的情况。

二百七十七

奇怪的是没有脊柱的生物都有坚硬外壳。

二百七十八

说话最多者是聪慧最少的人。一个演说家与一个拍卖人没有什么大差别。

二百七十九

感谢吧,因为你不必依靠父亲的名声或叔父的财产生活。

尤其应该感谢的是,没有任何人必须依靠你的名声和财产生活。

二百八十

耍把戏的人抓不到球时,才能引起我的兴趣。

二百八十一

嫉妒虫在不知不觉中赞扬了我。

二百八十二

你一直是你熟睡中的母亲的一个梦,她醒来时生下你。

二百八十三

人类的胚芽在你母亲的愿望之中。

二百八十四

我的父亲和母亲希望有个孩子,于是生下我。

我的心向往有个母亲和父亲,便生下了夜和大海。

二百八十五

我们的子女,有的使我们感到此生无悔,有的使我们感到不胜遗憾。

二百八十六

当夜幕降临,你的神情也黯然时,你就躺下去,听凭神伤心碎。

当晨光初照,你的神色仍黯然时,你就起来,信意对白昼宣布:"我仍旧神情黯然。"

你对黑夜和白昼做戏,那是愚蠢的。

你若那样行事,黑夜和白昼都会嘲笑你。

二百八十七

雾霭环绕的山不是丘陵,淋雨的橡树不是垂泪的柳树。

二百八十八

瞧这似是而非的断语,它与模棱两可相比,深和高彼此更接近些。

二百八十九

当我像一面明镜一样站在你面前时,你凝视着我,便看到了你的形象。

之后你说:"我爱你。"

其实,你爱的是在我身上的你自己的形象。

二百九十

当你用对邻居的爱取乐时,那就不是美德了。

二百九十一

不涌溢的爱情已在渐渐死亡中。

二百九十二

你不能同时拥有青春和关于青春的知识。

因为青春忙于生活,无暇探求关于青春的知识;而知识在忙于探索自己,无暇顾及生活。

二百九十三

或许你会凭窗眺望行人,于是看到一位修女从你右边走过,一个妓女从你左边走过。

也许你会直率地说:"这一位多么高尚,而那一个多么卑贱!"

假若你闭上双眼,留心聆听片刻,便会听到太空中有低语声:"这一位用祈祷寻求我,而另一位则在痛苦中寻求我。在二人的灵魂中都有供奉我灵魂的殿堂。"

二百九十四

每隔一百年,拿撒勒人耶稣就会与基督教的耶稣在黎巴嫩丘山间的花园中相聚长谈一次。拿撒勒人耶稣每次离去时,都会对基督教的耶稣说:"我的朋友,我担心我们的见解永远永远不会一致。"

二百九十五

但求上帝喂饱那些穷奢极欲的人。

二百九十六

每个伟人都有两颗心：一颗心在滴血，另一颗心在沉思。

二百九十七

如果有人说了既不妨害你又不妨害他人的谎言，你何不对自己的心说，他那置放事实的房子太小，容不下他的幻想，因此，他不得不把幻想丢到更大的空间去。

二百九十八

每一道紧闭的门后，都有一个加了七道封条的秘密。

二百九十九

等待是时间的蹄子。

三百

你家东墙的那个新窗子难道不是麻烦吗？

三百零一

兴许你会忘掉和你同笑者，但永远不会忘记与你同哭的人。

三百零二

盐里定有出奇神圣之物，它既存在于我们的眼泪里，也存在于大海之中。

三百零三

当上帝感到慈悲的干渴之时,会把我们——露珠和眼泪——一道喝下去。

三百零四

你不过是你的"大我"的一个碎片,一张求面包的嘴,一只盲目的、为干渴之口举起杯子的手。

三百零五

你只要从种族、国家和自我中升高一腕尺❶,你就真的像神一样了。

三百零六

如果我是你,我决不在退潮时埋怨大海。

船稳稳当当,我们的船长是精干的;只不过你的胃有些不适。

三百零七

我们渴望而未得到的东西,总比我们已经得到的东西宝贵。

三百零八

即使你有幸坐在一块云朵上,也看不到国与国之间的界线,更看

---

❶ 腕尺,古埃及测量单位,也用于古希腊和古罗马,指从肘到中指端的距离,一个希腊腕尺约为46.38厘米,一个罗马腕尺约为44.37厘米。

不到田与田之间的界石。

然而遗憾的是，你无法坐上云朵。

三百零九

七个世纪前，有七只白鸽从深谷里飞上盖着皑皑白雪的山顶。

看到白鸽飞翔的七个人中，有一个人说："我看见第七只鸽子的翅膀上有一块黑斑。"

今天，在那座山谷里，人们说有七只黑鸽子飞上了皑皑白雪覆盖的山峰。

三百一十

秋天里，我收集起我的一切烦恼，将之埋在我的花园里。

四月到来，春天降临，与大地结亲，我的花园里繁花似锦，美丽绝伦。

邻居们走来赏花，异口同声对我说："秋天再来，该播种的时候，能否给我们些花种，让我们的花园里也开出这种花来呢？"

三百一十一

我把空手伸向人们而得不到任何东西，那固然是苦恼；然而，伸出满把东西的手而无人接纳，那才是绝望。

三百一十二

我渴望来生，因为在那里我会遇到我未写出的诗和未画出的画。

三百一十三

艺术是从自然走向无限的一步。

三百一十四

艺术品是雕刻成形象的一团雾霭。

三百一十五

就连用荆棘编织王冠的手也比闲着的手好。

三百一十六

即使我们的最神圣的泪水,也不认识通往我们眼睛的路。

三百一十七

任何一个人都不外乎是以往每一君王和每一奴隶的后裔。

三百一十八

假若耶稣的曾祖知道自己体内藏着什么东西,难道他不会对自己肃然起敬吗?

三百一十九

难道犹大之母对儿子的爱不及马利亚对耶稣的爱?

三百二十

我们的耶稣兄弟有三个奇迹尚未载入《圣经》。

第一,他是像你我一样的人。

第二,他有幽默感。

第三,他知道自己是征服者,虽亦是被征服者。

三百二十一

被钉在十字架上的人呀,你被钉在了我的心上;钉透你的双手的钉子,穿透了我的心墙。

明天,当一位异乡人经过隐藏在我心中的髑髅地❶时,他不会知道有两个人在此流过血。

他将认为那是一个人的血。

三百二十二

也许你听说过那座圣山。

那是我们世上最高的山。

你登上山顶,必将产生一种愿望,那就是下山去,以便与住在谷地的人们生活在一起。

因此,人们将之称为圣山。

三百二十三

我禁闭在文字中的每个想法,必须用实际行动将之解放出来。

---

❶ 髑髅地,《圣经·新约》中载耶稣被钉在十字架上之地。

疯子

我怎样成了疯子?

这是我的故事。我要把它讲给每位希望知道我怎样成了疯子的人。许久之前,众神灵尚未诞生,我从酣睡中醒来,发现我的所有面具——我在地球上的七生中所铸就并使用的七种面具——全被盗走。于是,我裸露着脸,奔跑在拥挤不堪的大街上,大声呼唤人们:"抓贼!抓贼!可恶的盗贼!"男男女女都笑我,有的人害怕,惊恐地逃回家去。

来到城市广场,突见一青年站在房上,大声叫嚷:"众人们,这个人是个疯子!"我刚一抬眼看他,阳光便第一次亲吻了我那裸露的脸。阳光第一次吻我那裸露的脸,我的灵魂里燃起了爱太阳的火焰,我再不需要面具了,我仿佛在神志恍惚状态中呼喊:"祝福啊,祝福!为盗窃我的面具的贼祝福!"

就这样,我变成了疯子。可是,我却因为这种癫狂,得到了自由和解脱:离群索居的自由,避免人了解我的解脱;因那些了解我的人,总想奴役我们的某些东西。

然而我不能为这种解脱感到多么豪迈。因为盗贼,即使身入监牢,也不担心受别的盗贼的侵害。

上帝

当我的双唇第一次颤动说话时,我登上圣山,呼唤上帝道:"主啊,我是你的奴仆。你的隐秘意志是我的法律,我将终生服从你。"

上帝没有回答我,而是像风暴吹过,消失在我的视野。

一千年之后,我第二次登上圣山,对上帝说:"造物主啊!我是你的手制之物;你用大地上的泥土将我捏成人形,又注入你高贵灵魂的香气,使我有了生命。我的一切都受惠于你。"

上帝没有回答我,犹如千面翅膀,从我上空掠过。

一千年之后,我又登上圣山,第三次呼唤上帝:"圣父大人,我是你的爱子。你以怜悯、慈爱之情将我生养,我必用敬慕、崇拜之心继承你的王位。"

这一次,上帝也没有答话,如同遮障远山丘陵的云雾,消失在我的眼前。

一千年之后,我登上圣山,第四次对上帝说:"英明大智之神,完美无缺之神!我是你的昨日,你是我的明天。我是你在黑暗地下的根,你是我在光明天上的花。我们同在太阳面前生长。"

其时,上帝怜悯我,弯腰俯身,对我一阵耳语,洋溢着温馨、甜润之意;恰如海纳溪流,上帝将我抱在他那宽厚的怀里。

我走到山谷平原,上帝也已在那里。

喂，我的朋友

喂，我的朋友，我并非你所看到的我。我的外表，只不过是一件用宽容、善果之线精织的外衣；我用它裹身，目的在于抵挡你的不期而访，免得让你觉察出我的粗心大意。至于被称为"隐藏的大自我"，那则是秘密，深居于我的灵魂寂静处，除了我概无人知，将永远作为秘密，永久隐藏在那里。

喂，我的朋友，请不要相信我的言谈话语，莫相信我的所作所为。因为我的谈话，不过是你的思想的回声；我的作为，不过是你的希望的幻影。

喂，我的朋友，你对我说："风吹向东方。"我会立刻回答："是的，风向东方吹。"因为我不想让你想到我那随海波游动的思想，不能和风飘飞。至于你呢，风已经撕破了你那陈旧思想的织物，无法再了解我那高飞在海上的深刻思想，你不知道我的思想底细更好，因为我想独自行于海上。

喂，我的朋友，你白日的太阳刚一升起，正是我的夜幕降临之时。虽然如此，我还要在夜幕之后向你谈谈正午舞动在山峦峰巅的金色阳光，谈谈它在舞蹈中所造就的注入河谷和田野的浓密阴影。我之所以跟你谈这些，是因为你不能听到我幽暗的歌声，也看不到我的双翅在群星之间鼓动。啊，多好啊，你既听不到，又看不见那一切，因为我喜欢独自与黑夜交谈。

喂，我的朋友，你升入你的天堂之时，正是我下我的地狱之日。虽然你我之间隔着一道不可逾越的鸿沟，你却仍然呼唤着我："喂，我的伙伴，我的朋友！"我回答你说："我的伙伴，我的朋友。"因为我不想让你看到我的地狱，那里炽燃的火焰能烧伤你的眼睛，那里的烟雾能堵塞你的鼻孔。至于我，则珍视自己的地狱，不希望像你这样的人光顾，因为我喜欢独自待在我的地狱中。

喂，我的朋友，你说你酷爱真理、美德和纯美。我效仿着你说，人应该酷爱这样的德行。可是，我的内心里却暗暗嗤笑你的这种爱。我之所以不想让你看见我在笑，是因为我喜欢独自笑在心里。

喂，我的朋友，你是位德高、机警、明智的男子汉。你简直是位完人。因此，我珍惜你的尊严，以理智和谨慎的态度同你说话。然而，我是个疯子，离开了你所居住的世界，来到了一个陌生而遥远的天地。我之所以不让你看出我的癫狂，是因为我喜欢独自成为疯子。

喂，我的朋友，你并不是我的朋友！可是，又有什么办法能让你明白这些呢？我的路并非是你的路，但我们可以并肩前进。

稻草人

一次,我对稻草人说:"你独自站在这田间,难道不感到厌倦吗?"

它回答我说:"我有一种吓唬人的乐趣,其乐无穷。因此,我喜欢自己的工作,绝无厌倦之感。"

我思考片刻后,对它说:

"你回答得对。我曾亲身体验过这种乐趣。"

它答道:"喂,老兄,你只是空想而已,这种乐趣,只有像我这样用甘草填腹者,才能知其滋味。"

这时,我离它而去,不知道它会称赞我,还是会贬低我。

一年过去了,那个稻草人成了一位大有学问的哲学家。我第二次从它身边经过时,看到两只乌鸦正在它的帽子下搭窝。

相伴梦游

在我出生的城里,生活着母女二人。二者均有梦游习惯。

夏天的一个宁静、美丽的夜里,母亲及其女儿照习惯起来,梦游到雾霭蒙蒙的花园。

母女边走,母亲边对女儿说:

"该死的,你这个凶恶的敌人!正是你毁坏了我的青春,在我的生活的废墟上建起你生活的大厦!我真想杀死你!"

女儿回答道:"可恶、自私的老太婆,你就是不让我自由一点!你想让我的生活成为你那破旧生活的回音!你为什么不早点死去!"

就在这时,雄鸡一声啼鸣,唤醒了仍在园中游走的母女二人。

母亲温情脉脉地说:"啊,原来是你,我的小鸽子!"女儿声调甜润地回答:"是我,您的女儿!我的好妈妈!"

两个修士

在一座高山顶上,住着两个修士,崇拜上帝,彼此相敬。

二修士共有一只陶碗,别无其他财产。

一天,一个恶魔钻入年长修士的心里,他便走到年轻修士面前,说:"我们一起生活了很长时间,该分手了。因此,我想把我们的财产分一下。"

年轻修士不禁惆怅起来,回答说:"你我分手,令我伤心。不过,贤兄,如果你非走不可,那就随你的意吧!"

年轻修士拿来陶碗,说:"贤兄,这陶碗就是我们仅有的财产;鉴于我们无法分它,我看你自己拿走就是了。"

年长修士面浮怒气地回答道:"我不求你施舍,不是我的东西,我也不要。因此,你应该把陶碗平分,各自拿自己的一份。"

年轻修士谦让地说:"一个碗分成两半,对你我还有何用呢?若你认为好,我们就抽签吧!"

年长修士回答:"应该平分合理,我只要我的那份。贬低公平原则的抽瞎签,让我把公平原则和我应得的那一份交给偶然的运气,我不同意。我要求平分陶碗。"

年轻修士见没和他再讨论的余地,于是说:"贤兄,既然这是你的真实愿望,那就照你说的办。那就请你把碗分成两半吧!"

年长修士面色发黑,高声喊道:"呆钝的家伙,多么胆怯,连争吵的能力都没有!"

聪明的狗

一天,一只聪明的狗打一群猫旁边走过。当狗接近猫群时,见猫们个个全神贯注,根本没有注意它的到来。狗停下脚步,惊异地望着猫们。

当狗正注视着猫们时,只见一体态硕大的猫站起来,面浮严肃表情,望了望同伴们,说道:"信士兄弟们,祈祷吧!我老实告诉你们,你们祈祷,反复热烈祈祷,天就会答应你们的要求,立即给你们降下老鼠。"

聪明的狗听了这重要的训诫,心中暗笑它们,边重复着自己的话,边离开它们,说:"这群猫多么愚蠢!它们的眼多瞎!连书上写的东西都不知道!书上写着的,我和我的先辈不是都读过吗?他们告诉我说,老天对祈祷、哀求的应答不是降老鼠,而是降骨头吗?"

有求必应

从前有一个人,他拥有满山谷的针。

一天,耶稣的母亲来到此地,对那个人说:"喂,朋友,我儿子的外衣破了,我想在他去圣殿前给他补好,你能借给我一根针吗?"

他没有给她针,而给了她一篇训诫词,题目是"有求必应",以便让她在儿子去圣殿前给她儿子。

七个自身

夜深,寂静,困神封住了我的眼帘,我的七个自身坐而低声交谈。

第一个自身说:"我在这个疯子的躯体里栖身多日多年,除了白日更新他的痛苦、黑夜重复他的忧伤,无所事事。我厌腻这种枯燥无味的职业,非造反不可了。"

第二个自身回答第一个自身说:"阿姐,你比我走运多啦!我注定要与这疯子同欢共乐;他笑时,我得笑;他高兴时,我唱歌;他的思想兴奋,我就要以生着三个翅膀的脚为之起舞。倘若你造反,我该怎么办?"

第三个自身说:"哎呀呀,二位贤姐呀!论工作,我比你们二位更该造反。我是相思之病、欲念之火、狂爱之神的化身!我如此不幸,难道我不该造这个疯子的反?!"

第四个自身说:"同伴们,我比你们要不幸得多,我要激起这个疯子心中的憎恨之情,点燃其心中的憎恶、仇恨之火。我,就是生于地狱里暗洞中狂飙的化身,比你们更配造这种职业的反。"

第五个自身说:"姐妹们,我真羡慕你们那份好工作。命运规定我更新这个疯子那无止无休的梦,激发其永无平静的饥与渴,伴之徘徊于无边宇宙,压根儿尝不到休息的滋味,永久探索未知与未造之物。我,我比你们都应该进行造反。"

第六个自身说:"姐妹们,你们多么幸福,而我又是何其不幸啊!我是卑贱低下劳碌的化身,以耐劳双手和不眠双眼,将白日绘成图像,赐种种低贱无形之物以永恒美之形式。我这么一个孤独寂寞的化身,难道不应该报仇、造反吗?!"

第七个自身望了望诸姐妹,说:"别说啦!你们那份工作都那么好,却要造这个可怜人的反,何等离奇呀!倘若岁月能让我干上你们那份好工作,我该是多么幸福!我是失业化身,终日无所事事,呆坐在无止无休的沉默与黑暗之中;与此同时,你们的生活外观不断更新。凭你们的主起誓,你们评一评理,究竟哪一位姐妹更该造反?是我,还是你们?"

第七个自身说完,六个自身均用同情、怜悯的目光望着她,谁也没有吱声。

夜幕垂降,众自身怀着对自己那份工作的新的顺从、幸福的屈服,相继进入梦乡。

然而第七个自身仍睁着眼睛,注视着万物后面的子虚乌有。

公正

一天晚上,王宫举行盛宴,宾客盈门,热闹非凡。一个男子随宾客进入宴会厅,向王子请安。他举止恭敬、庄严。众宾客无不以惊异的神色望着这位客人,因为他失去了一只眼,鲜血正从眼窝里向外溢淌。

王子问:"阁下,你怎么啦?"

"王子殿下。"那人答道,"我是个贼,趁今夜漆黑,我到一个钱庄偷钱,就要进钱庄时,突然迷了路,误入隔壁织布作坊,于是拔腿就跑。天太黑了,我什么也看不见,不巧碰到了织布机上,挂掉了这只眼。"

王子立刻差人抓来织布匠,并且下令剜掉织布匠的一只眼。

织布匠对王子说:"王子殿下,您的判断完全公正,理当剜掉我一只眼。但我不瞒您说,我的职业需要两只眼,以便查看织物的两个边。不过,我有个街坊,他是修鞋匠,和我一样,也有两只眼,而他的职业只需要一只眼。您不妨把他喊来,剜掉他一只眼,以此维护法律。"

王子立即派人叫来修鞋匠,并且剜掉了他的一只眼。

就这样,正义伸张了。

狐狸

　　日出东方，狐狸走出巢穴，惊愕地望着自己的影子，说："今天午餐时，我要吃一峰骆驼。"之后走去，整个一上午，四下寻觅骆驼。日挂中天，它又看看自己的影子，吃惊地说："不，只有老鼠也就够啦！"

聪明的国王

在一个遥远的城里，有一位暴虐、聪明的国王。人们慑服其威力，佩服其智慧。

那座城中有口井，其水清澈见底，甘甜可口，全城居民，包括国王及其侍从，都喝这口井的水。因城里再无别的水井。

一天夜里，人们正在熟睡，一女巫悄悄走到城中，向井中投了七滴异液，并且说："从今往后，谁喝这口井的水，谁就会变成疯子。"

翌日清晨，城里的居民喝了井水，果然如女巫所言，都变成了疯子。但是，国王和宰相没喝那井里的水。

消息传到城里，居民们从一个区走到另一个区，从一个胡同走到另一个胡同，纷纷交头接耳，窃窃私语，说："我们的国王及宰相疯了。我们的国王及宰相失去了理智。我们拒绝一个疯国王统治我们。我们这就去把他赶下王位！"

那天晚上，国王听到发生的一切，随即命令侍从把从先人那里继承来的一只金盒子装满井水。众侍从立即动手，然后把水送到国王面前。国王端起金盒子，把水送入口中。国王喝足水，又把盒子递给宰相，宰相仿而效之。

居民们得此消息，禁不住皆大欢喜，因为他们的国土和宰相恢复了理智。

宏愿

三个人来到一家酒店坐下，其中一是织工，一是木匠，一是掘墓人。

织工对二位同伴说："今天，我卖了一件上等亚麻寿衣，得到两个第纳尔。让我们畅饮一顿酒吧！"

木匠回答道："我嘛，售出了一口顶好棺木，那我们就用最好的肉下酒吧！"

掘墓人对他俩说："我今天只挖了一个坟坑，雇主却付给我双份工钱。我们再来点蜜吧！"

那天夜里，酒店为他们忙个不停。因为他们一次又一次要酒、加肉、添蜜。他们高兴得手舞足蹈。

店主不时微笑着望望妻子，简直不敢相信自己所看到的这一切。因为他的这三位顾客花钱根本不算计。

他们在酒店吃喝到是夜大晚，饭饱酒足之后，方才唱着叫着离去。

店主及其妻子站在店门目送客人远去。

妻子对丈夫说："如果每天都有这样慷慨大方的顾客临门，那么，我们该多走运啊！到那时，我们就可以让我们的独生子免于在这个脏酒店里干活了，可以培养他，将来当名牧师。"

新乐趣

昨夜,我创造了一种新乐趣。

当我第一次享受这种新乐趣时,眼见一位天使和一个魔鬼已经站在我的门上,就我的新乐趣谈论、争执起来。

天使高声喊道:"那是大罪。"

魔鬼声音更高:"不,凭我的宗教起誓,那是美德。"

另一种语言

我出生后的第三天,躺在我那丝绒摇篮里,用异常亲切的目光,打量着我周围的新世界。

我的母亲问奶妈:"今天,我的孩子好吗?"奶妈回答道:"太太,孩子挺好的。我已喂过他三次奶,我还没有见过像他这样的乖孩子。"

听到这些话,我生气了,高声喊道:"别相信,母亲,别相信那些话。我的床粗糙不堪,我吃的奶有苦味,乳房也臭气熏鼻。我多么不幸啊!"

母亲听不懂我的话,奶妈不知我说了些什么。因为我跟她俩说话用的是我来的那个世界的语言。

我出生的第二十一天,那是我接受洗礼的日子。牧师对我母亲说:"太太,祝贺你。你的儿子生来就是个基督教徒。"

我惊异地对牧师说:"如果事情像你说的那样,那么,你在天上的母亲会因你而感到悲伤,因为你生来并非基督教徒。"

牧师不明白我用自己的语言对他说的话。

七个月之后,来了个占卜师,仔细打量过我的脸,对我母亲说:"你的这个儿子将成为卓越的领袖,人们将顺而从之。"

我用最大的声音喊叫道:"那是虚假的预言。我了解自己,我深知我将学习音乐和声乐,我只当音乐家。"

使我至为惊异的是，虽然我已经到了那个年龄，但是谁也听不懂我的话。

又过了三十三年，我的母亲及奶妈、牧师都已作古（上帝庇护他们的灵魂），而占卜师仍活在世上。昨天，我与占卜师相遇在庙门前，同他进行了交谈，告诉他我已走上音乐之路。他对我说："我已相信你将成为大音乐家，你还是孩子时，我就向你母亲预言到了你的这种未来。"

我相信了他的话，因为我已忘记了我来的那个世界的语言。

石榴

一次，我生活在石榴心里。一天，我坐在自己的阁子里，听到一颗石榴籽说："将来我将变成一棵参天大树，风用其枝条唱歌，太阳在其叶上跳舞。我将四季强壮健美。"

第二颗石榴籽回答道："喂，同伴，你多愚蠢啊！我像你这么年轻时，也做过你这样的梦。可是，当我能够用标准确定一切事物时，才知道我的希望皆系虚妄。"

第三颗石榴籽说："我则看不到我们中间有什么预示着像这样伟大的未来的东西。"

第四颗石榴籽说："如果我们的生活没有更加光辉的未来，那么，它就是虚假的。"

这时，第五颗石榴籽站起来，说："我们连我们今天的现状都不了解，为我们的将来而争执，又有何益呢？"

第六颗石榴籽说："我们将永远停留在现状上。"

第七颗石榴籽说："我头脑里有将来的一幅清晰图像，但我无法用语言描绘。"

接着，第八、第九、第十以及许多颗石榴籽说了话，直到所有的石榴籽都发了言；只因声音杂乱，我什么也没听清。

就在那天，我离开了石榴，搬到了榅桲腹里，生活在静谧、沉静之中。

两只笼子

父亲的花园里有两只笼子。

一只笼子里关着一只雄狮,是父亲的仆人从尼尼微大沙漠带回来的;另一只笼子里是一只不厌其烦地唱歌的欧椋鸟。

欧椋鸟每日拂晓都要向雄狮问安,说:"喂,囚徒兄弟,早晨好!"

三只蚂蚁

一男子仰睡在阳光下,三只蚂蚁在他的鼻子上相会了,各自用本部落的礼节互相问好,然后站着交谈起来。

第一只蚂蚁说:"我们今天所在的丘陵和平原,是我在大地上的生活中踏过的最贫瘠的地方。我转了一天,想找一粒粮食,不论什么品种,却一无所获。"

第二只蚂蚁说:"我常听本族人谈到一个地方,他们称之为光秃地;说这块地会转能动,他们的话可真多!看来,我们今天是走在光秃地上了,因为我们走遍了它的角角落落,亲身领略了它的真实情况。"

第三只蚂蚁抬起头来,说:"二位朋友,我们现在站在一只巨蚁的鼻子上,其威力无尽无边,其体之大令我们的眼睛难以看见,其影之宽为我们的尺度不能丈量,其声之高使我们的耳朵难以分辨。这就是那只永恒的巨蚁。"

第三只蚂蚁把话说完,其他二位伙伴相互交换了眼色,笑了起来。

这时,男子动了动睡姿,抬手挠了挠鼻子,三只蚂蚁在他的手指下顿时化为粉尘。

掘墓人

一天，我正在埋葬我的一个死了的自身，忽见掘墓人站在我的面前，对我说："在所有到此墓地来的人，你是我中意的唯一一人。"

我对他说："朋友，你的话使我感到高兴。可是，你为什么唯独喜欢我，而不喜欢他人呢？"

他回答道："别人都是来去路上泣哭不止，只有你往返途中笑意盈容。"

神庙台阶上

昨日黄昏,我见一女子坐在神庙台阶上。

有两位男子与她站在一起,一左一右,都在望着她。

使我感到奇怪的是,女子的右面颊苍白、憔悴,左面颊却呈红润。

圣城

我年轻时，曾听人们谈到某城市，那里的人都遵照圣书教导生活。我心想："我要寻找那座城市去，以期得到幸福吉祥。"

那座城很远，我备好了旅途中所需要的一切，跋涉四十四天，接近了那座城。第二天，我进了城，只见那里的居民都是独眼单手。我大惑不解，自问道："莫非生活在这座圣城里的人，必成独眼单手？"

我发现人们用比我更加惊异的目光望着我，因为他们对我的双目、双手感到奇怪。

正在他们交谈时，我问他们："这就是每个人都照圣书教导生活的那座圣城吗？"

他们说："是的，正是那座圣城。"

我又问："你们怎么啦？你们的右眼、右手到哪儿去了呢？"

人们为我而叹息，可怜我无知。他们说："你来看看吧！"

一个人把我领向坐落在城中心的圣殿。

我进了殿门，只见殿堂中放着一堆眼球和断手，均已枯萎干缩。我惊愕不已地问他们："凭你们的主起誓，请告诉我，哪个刽子手如此残忍，竟然砍下你们的手，挖掉你们的眼？"

所有的人都惊叹我的愚昧无知。一位老人走近我，对我说："孩子，这都是我们自己干的呀！因为上帝征服了降在我们身上的恶魔，我们便连根拔掉了它的幼芽。"老人把我领向一个高高的祭坛，人们紧紧相随。老人指着刻在祭坛上的一节经文，要我读一下，我便读道：

"若是你的右眼叫你跌倒，就剜出来丢掉；宁可失去百体中的一体，不叫全身丢在地狱里。若是右手叫你跌倒，就砍下来丢掉；宁可失去百体中的一体，不叫全身下入地狱。"❶

我明白了，原来秘密在此。我注视着他们，高声问道："难道你们当中没有一位有双眼双手的男子或女人？"

他们异口同声地回答："没有，一个也没有，除了尚未成丁的孩童，因为他们还没读过圣书，不会照圣教行事。"

我步出圣殿，赶紧离开了那座圣城。因为我已成丁，且能读圣书了。

---

❶《圣经·新约全书》"马太福音"第五章第29、30节。

善神与恶神

一次，善神与恶神在山顶上相遇。

善神对恶神说："早安，兄弟！"

恶神一语未发。

善神又说："喂，同伴，看来你今日心境不佳。"

恶神回答道："是啊，我很倒霉！因为最近一个时期，人们分辨不清我和你，我常听他们用你的名字呼唤我，我并不比你和你的名字讨人厌烦。"

善神说："亲爱的，我每天也会遇到这种情况，许多人用你的名字呼唤我，把我当成你。"

恶神走去，心中炽燃着痛恨之火，咒骂人类的呆傻与愚昧。

败中有胜

我的失败,我的挫折!我的孤独,我的寂寞!
对我说来,你比千百个胜利更珍贵;
在我心中,你比万国的嘉誉更甘美!

我的失败,我的挫折!我的自知,我的自卑!
我从你那里得知,我还是个鲁莽的青年,
凋零破旧的桂冠不能吸引我;
我因你而感到孤独寂寞,
饱尝了逃亡、卑贱生活的折磨。

我的失败,我的挫折!
我的锋利宝剑,我的闪光盾牌!我从你的眼神中读到:
人一旦登上皇帝宝座,也就变成了奴才;
人一旦自知灵魂深处,生命之书便合盖;
人达完美境地之日,便是葬死入土之时;
人像果实,一旦成熟,便要落蒂脱枝。

我的失败,我的挫折!我勇敢的友伴!
只有你,才听得到我的歌声、静默、呐喊!

只有你，才对我谈起翅膀扇动、大海咆哮和漆黑夜下爆发的火山！

只有你，才能登上我心中的巍峨山巅！

我的失败，我的挫折！我不灭的勇气！
你与我一道在暴风中大笑，
你与我一道挖掘坟坑墓道，
你与我一起挺立在太阳面前，
你与我一并为惊世的强暴。

夜神与疯子

疯子:"喂,夜神,我和你一样,黑乎乎,赤裸裸。我行走在火路上,下面铺垫的是我白日的梦幻;我的脚一触地面,那里便迸发出一棵巨大橡树。"

夜神:"不,疯子啊,你和我不一样。因为你不时地回过头去,看看你在沙地上留下的足迹。"

疯子:"夜神啊,我和你一样,静默而深沉。在我孤寂的心中,躺着一位正在分娩的女神;天堂与地狱借新生儿的天性实现彼此毗连。"

夜神:"不,疯子,你和我不一样。因为你仍在痛苦面前战栗;听到深渊的歌声,你害怕得魂不附体。"

疯子:"夜神啊,我和你一样,专制而暴虐。我的双耳里,充斥着被奴役民族的号丧和被遗弃土地的哀鸣。"

夜神:"不,疯子,你和我不一样。因为你仍然把你的'小自身'当作忠实的伙伴,而不能将你的'大自身'视为朋友。"

疯子:"夜神啊,我和你一样,苛刻而残暴。只有看到大海上起火的船只时,我的心才感到快乐;只有吸到阵亡英雄的鲜血时,我的唇才感到有滋味。"

夜神:"不,疯子,我和你不一样。因为你思念着你灵魂的姐妹,听凭你的欲念左右,尚不能随心所欲。"

疯子："夜神啊，我和你一样，兴奋而快活，跟从我的男子长醉于初酿之酒，与我结交的女人正畅快犯罪。"

夜神："不，疯子啊，你和我不一样。因为你的灵魂裹着七层纱布，至今尚未将心托在手掌上。"

疯子："夜神啊，我和你一样，坚韧而抑郁。我心中有数以千计的坟墓，里面葬着殉情的伴侣，泪水为他们做防腐剂，凋零的亲吻当他们的殓衣。"

夜神："你和我一样吗？疯子，你真的和我一样？你能驾驭风暴当骏马？你能拿来闪电做利剑？"

疯子："夜神啊，我和你一样。我像你一样全能而强大；我在众神尸堆上建起我的御座；我让白昼打我面前低头而过，亲吻我的衣边，却不敢抬头望着我的容颜。"

夜神："我的黑暗心之子，你和我一样吗？你真的像我？你曾想到我那不受管束的思想，还是讲过我那博深雄辩的语言？"

疯子："不，夜神啊，我们是孪生兄弟。你能揭示无边空间的结构，我能展示我心灵的秘密。"

面孔

我见过一张面孔，呈现出千种表情；也见过一张面孔，永远是一种表情，仿佛是用模子铸成。

我见过一张面孔，我能透过它那光彩夺目的表皮，看到里面隐藏着的丑陋污秽；也见过一张面孔，只有摘去它的面纱，才能看到它那被遮盖着的端庄俊美。

我见过一张皱纹密布的老年面孔，然而上面空空荡荡；也见过一张光亮舒展的青春面孔，上面却满满当当。

我善看种种面孔，因为我能够透过我的眼睛编织的视网，洞察脸皮后面的真相。

更大的海洋

我和我的灵魂到大海去洗澡。一到岸边,便寻找遮挡眼目之地。

我们正走着,见一男子坐在一块灰色岩石上,手拎着一只口袋,正从里面一把一把地抓盐,将之撒入大海。

我的灵魂对我说:"这是位悲观者,在他眼里,生活只见阴影。让我们离开此处,因为我们不能在他面前洗澡。"

我们离开那里,来到岸边的一个小海湾,但见一男子站在一块白岩石上,手里拿着一只镶嵌着珠宝的匣子,正从中取出糖块,抛向海里。

我的灵魂对我说:"这是个乐观者,他本无喜事,却自寻欢喜。他不应该看见我俩赤身裸体。"

我们继续前走,来到近处岸边,见一男子正捡起条条死鱼,怜悯备至地放回海里。

我的灵魂对我说:"这是位心地慈善者,他试图让墓中人起死回生。让我们远离他。"

我们离开他,来到另一个地方,看见一男子正在水上勾勒自己的影子,波浪扑来,抹去线条,他一次又一次勾描。

我的灵魂对我说:"这是位神秘主义者,正用幻想树立自己崇拜的偶像。让我们离开他吧!"

我们丢下他,来到一个小海湾,见一男子正用勺子舀水面上的泡沫，将之倒入玛瑙杯里。

我的灵魂对我说："这是位空想家，正用蛛丝编织自己穿的外衣。他不配看见我俩的赤身裸体。"

我们朝前走了几步，忽听有人说："这就是海！这就是深海！这就是浩瀚的大海！"我们寻觅声源，却见一个人背朝大海坐着，耳朵上放着犄角似的贝壳，聚精会神倾听它发出的回声。

我的灵魂对我说："我们走吧！这位昏庸老朽，懦弱无能，背朝自己无力把握的整体，一心倾注在自己所喜欢的局部。"

我们离开他，来到另一个地方，见乱石中夹着一个人，头却埋在沙里。

我对我的灵魂说："来，我们就在这里沐浴吧！因为这个人看不见我们。"

我的灵魂摇了摇头，说："不，一千个不！你看到的这个人是最坏的人，他是个恶劣的叛教徒，故意不让自己面对生活悲剧，而生活也不让他的心领略欢乐喜剧。"

这时，我的灵魂面现忧伤苦闷表情，用被悲哀打断的声音说："我们走吧，让我们离开这海岸吧！因为这里没有一个隐蔽安全之地供我们洗澡更衣，我不愿意让这风戏动我的金发，也不愿意让这里的风看见我这白嫩细腻的胸脯，更不乐意让这里的光亮暴露我圣洁的裸体。"

此时，我们离开了那个海，去寻找更大的海洋。

被钉在十字架上的耶稣

我高声向人们呼喊:"我希望你们把我钉在十字架上!"他们说:"为什么你的血要在我们的头上?"我告诉他们:"若你们不把疯子钉在十字架上,你们怎么炫耀自己呢?"

他们接受了我的话语,把我钉在十字架上。这一钉平息了我灵魂中的风暴。我被高悬于天地之间,人们翘首仰望着我,一个个趾高气扬,因为他们的头从未抬过他们的脚。

他们聚集在十字架周围,一个人高声问我:"喂,你这个人在赎什么罪?"

另一个人说:"凭你的主起誓,告诉我们,何因使你自我捐躯呢?"

第三个人问我:"喂,傻瓜,或许你认为用这等廉价能买到世间荣耀?"

第四个人说:"你们瞧呀,他还在悄悄笑呢,仿佛一点儿事都没有!人遭这样的痛苦,还能够笑吗?"

这时,我注视着他们,对他们说:"记住我的微笑吧,不要再记别的啦!我不赎任何罪,不想捐躯,不贪图荣耀,也没什么求宽恕的。但是,我口渴了,求你们让我饮自己的血;除了自己的血,还有什么能解疯子的干渴呢?正是!我原是哑巴,求你们让我用伤口说话。我本是你们日夜黑牢中的囚徒,我已找到了一条路,可以把我带往比你们的白昼更光明、比你们的黑夜更幸福的日子中去。

"看哪，我现在就要走了，走向许多在我之前被钉在十字架上的人去的那个地方。但是你们不要认为我们这些被钉在十字架上的人会把你们的十字架放在我们心上，因为我们命中注定要被比你们更强大、更凶暴的巨人钉在最低大地与最高苍天之间的十字架上。"

天文学家

我和我的一位朋友看见一个瞽者独坐在圣殿的阴影中。朋友对我说:"他就是本民族中最有学问的人。"

我离开朋友,走近瞽者,问过安好,在他身旁坐下,与他攀谈起来。片刻之后,我问他:"先生,你是何时失明的?"

他回答道:"打一出生,我的孩子。"

我又问:"先生遵从何种哲学学派?"

他答:"我是天文学家。"

他手按胸前,补充说:"我观测这些太阳、这些月亮和这些星星。"

最大的渴望

看哪,我坐在山兄与海妹之间,我们三个一样孤寂,一种深挚、强大、罕见的友情将我们彼此相连。

友情比海妹的深度更深,比山兄的力量更强,比我的癫狂更罕见。

自打第一线黎明曙光驱散我们眼前的黑暗,使我们彼此得以看见,不知过去了多少年。

我们眼见若干世界诞生、完美、消亡,而我们仍在华年,热切的希望充满心间。

是啊,我们年轻、热切,然而我们孤独,无人瞧我们一眼。

我们相互永远紧紧地拥抱,然而却无惬意之感。被压抑的思念和不得宣泄的欲望,有何惬意可谈?

火神今在何方,能否暖暖海妹的冷寝?

雨仙落在哪里,能否扑灭山兄的欲焰?

我比二兄妹更可怜。揪住我的心的女子,今又在何边?

静夜之中,海妹在梦中不住呼唤着火神的名字,求它前来温居;山兄呼唤着远方的雨仙,求其熄灭欲火。我呢?在梦乡又该把谁呼唤?

凭主起誓,我一无所知!凭主起誓,我不知怎么办!

我们三个一样孤寂可怜,只有深挚、强大、罕见的友情将我们彼此相连。

小草与秋叶

小草对一片秋叶说:"你落下时发出的嘈杂声,搅了我的冬梦!"

秋叶怒而回答:"你这个根节低贱、笨嘴拙舌的家伙,满身泥土,远离苍穹音乐,分不清歌声与叫声,哪儿来的梦?"

秋叶说罢,便落在地上睡觉了。

春天来了,秋叶从梦中醒来,发觉自己变成了一棵小草。

秋季来临,小草该冬眠了。凋零的树叶随着金风飘落在小草周围,簌簌响声不断,小草不胜厌烦,说道:"讨厌的秋叶,发出这么大的嘈杂响声,搅了我的冬梦。"

眼睛

一天,眼睛对感官朋友们说:"我看见这谷地后面有一座乌云遮障的山,多么美的山哪!"

耳朵听过眼睛的谈话,说:"你看见的那座山在哪儿?我听不见它的声音呀!"

手说:"我既感觉不到它,也摸不到它,那里根本没有山。"

鼻子对眼睛说:"我闻不到它,真不明白怎么会有山,那里是不会有什么山的。"

眼睛把视线转向另一个方向,自笑起来。其他感官开了个会,研究引起眼睛幻视的原因,经过详细探讨,异口同声道:"眼睛无疑出了毛病。"

两个学者

古老的"思想城"里有两位学者，相互蔑视、厌恶对方的学识，因为其一不信神，另一位则是信神者。

一次，二人在城市广场相遇，开始在各自的门徒面前争论神存在与否的问题。经过长达数小时的激烈争辩，各奔东西。

就在那天晚上，不信神者走到神庙，跪在祭坛前，祈求神灵宽恕他昔日的狂妄，变成了一位信神者。

就在同一时刻，信神者带上自己的圣书，来到城市广场，将圣书付之一炬，变成了一位不信神者。

当我的忧愁诞生时

我的忧愁诞生了，我用关怀的乳汁哺育它，用爱怜的眼睛守护它。

我的忧愁像一切生命那样，长得健壮、漂亮，精神饱满，欢天喜地。

我爱我的忧愁，我的忧愁爱我。我们都爱周围的世界。我的忧愁心地慈悲而善良，故也将我的心变得善良而慈悲。

我和我的忧愁一起聊天，我们将梦幻当作白昼的翅膀，把幻梦当作黑夜的腰带。因为我的忧愁口齿伶俐，能言善辩，故也将我变得能言善辩，口齿伶俐。

我和我的忧愁一起唱歌，我们的邻居都临窗而坐，争相聆听我们的歌声。因为我们的歌声像大海一样深，像记忆一样奇妙难言。

我和我的忧愁一起行走，人们用饱含爱慕与敬佩的目光眷恋凝视着我们，用最温馨、最甘美的词语谈论我们。然而也有那么一部分人，用嫉妒的目光望着我们。因为我的忧愁纯洁、高尚，使我深深为之自豪。

我的忧愁像一切生命死去那样死去，只留下我独身一人，形影相吊，苦思冥想。

如今，每当我说话，我的耳朵便觉得我的声音无比沉重；每当我唱歌,再无邻里临窗聆听;每当我漫步街头,无人留神我的面容。然而我却有无限慰藉之感,因为我在梦中听到一种声音悲痛忧伤地说:

"你们看,你们看哪!这个躺着的人,他的忧愁已经死去。"

当我的欢乐诞生时

我的欢乐诞生了。我抱着我的欢乐,登上房顶,高声呼喊道:"邻居们,相识们,都来看,都来瞧,我的欢乐今天诞生了!都来看,都来瞧,我的欢乐在太阳下欢笑。"

我是多么惊讶!因为没有邻居来看我的欢乐。

一连七个月,我每天早晚都站在房顶上呼喊,向人们发布我的欢乐出世的消息,然而没有人听到我的喊声。我和我的欢乐形影相吊,无人留意,无人理睬。

过了一年,我的欢乐厌烦了自己的生活,面色憔悴,病入膏肓。因为除了我这颗心,再没有心为它跳动;除了我的双唇,再没有唇给它一吻。

我的欢乐终于在孤寂中死去。我只有想到我的忧愁时,才会想起我的欢乐;然而记忆也是一片秋叶,刚在金风中颤抖片刻,便裹上泥土敛衣长眠了。

完美世界

掌管失落魂魄的神灵啊，众神灵中的失魂之神啊，你听我说；守护着我们癫狂、迷惘灵魂的慈悲司命之神啊，你听我说。

我是个残缺之人，但却生活在完美人群之中。我，思想紊乱之人，秩序混沌星云，游移在完美世界之中；那里的人民有着完善的法律、严格的制度、有条不紊的思想和条理分明的梦境，就连他们的幻想也都登记造册。

神灵啊！这些人要用尺度量他们的美德，用秤称量他们的罪过。他们备有簿册，就连既非功亦非过的无数鸡毛蒜皮琐事，也要入簿上册。

他们将日夜分成若干部分，不论做什么事，都必须在他们所严格规定的时辰。

吃饭、喝水、睡眠、穿衣、厌倦、烦闷……各有时间。

工作、嬉戏、唱歌、跳舞、休息……时到各得其宜。

以此思考，以彼感受；当幸福希望之星升起在遥远天际之时，放弃思考与感受。

唇含着微笑抢劫邻居，以企望得到赞谢的手送礼；用聪明智慧颂扬，谨小慎微地责备；以只言毁灭一颗灵魂，用一吻焚烧一个躯体；黄昏时分洗净双手，仿佛什么事情也没发生。

按照既有的传统爱慕，根据固有的模式消遣，恰如其分地崇拜神灵,用巧计迷惑魔鬼,设法欺骗不信神者,然后忘记所发生的一切,仿佛记忆只是冒失鬼的一场梦。

为某种目的想象,用心思考观察,谨慎小心地享乐,有思想准备地受苦,然后倒净希望杯中之酒,以期岁月再次将杯斟满。

神灵啊,神灵!所有这一切,都是预先思考而孕育,先下决心而后产生,精心安排,有制度约束,受理智指引,然后自消自灭,葬入心灵的僻静角落,而其坟墓上也标有符号和数码,作为我们及所有长眠者的殷鉴。

是的,这是一个绝顶完美世界,一个充满奇迹的世界,而且是上帝天国中的熟透之果,上帝世界中的至美天地。可是,神灵啊,我为什么在这里?我是一颗未熟的绿果,尚未长足,为什么在这里呢?我是充耳不闻的旋风,既不向东吹,亦不向西刮,为什么在这里?我是从燃烧的形体中飞溅出来的一块迷失方向的陨石,为什么待在这完美世界之中?

我为什么待在这里呢?掌管失落魂魄的神灵啊,众神灵当中的失魂之神啊,我为什么待在这完美世界之中啊?

流浪者

流浪者

我在路口上遇见他。他除了身上穿的和手杖,一无所有,面带沉痛神情。相互问好之后,我说:"请到我家做客吧!"

他接受了邀请。

我的妻儿在门口迎接我们,他对我们微笑,她们欢迎他的到来。

宾主一道围桌坐下,全家人为见到这么一位蒙着神秘色彩、心意寂静无声的稀客而感到高兴。

晚饭后,我们围火而坐,我开始问他的游历。

那夜及次日,他给我们讲了许多故事。但我现在向你讲的,只不过是他痛苦经历中的要点,虽然他讲的时候是那样心平气和。这些故事是他路途风尘的痕迹,也是他承受艰难困苦的部分收获。

三天之后,客人离去之时,我们不觉客人已经离去,只是觉得他是我们当中的一员,仍在家外的花园里,还没有走进家门。

衣服

一天,美神与丑神相遇在海岸,各自问对方:"你游泳吗?"

二神脱下衣服,下海搏风斗浪。仅过片刻,丑神回到岸边,穿起美神的衣服走了。

美神离水回到岸上时,发现自己的衣服不翼而飞,只好穿起丑神的衣服离去。

自那天起,男男女女在辨别美神与丑神时,每每认错。

然而有那么一些人,他们曾仔细端详过美神的容貌;尽管美神身着丑神的衣裳,依然能认出美神。还有一些人,能够认出丑神;虽然丑神穿着美神的衣裳,却瞒不过他们的眼睛。

兀鹰与云雀

兀鹰与云雀相遇在高山的一块岩石上。云雀说:"早晨好,先生!"兀鹰居高临下,望了望云雀,低声说:"你早!"

云雀说:"但愿你万事如意,先生!"

兀鹰答:"是啊,我们都万事如意。可是,难道你不晓得我是百鸟之王?我不跟你说话,你是不能对我说话的。"

云雀说:"我看我们是一家人。"

兀鹰蔑视地望着云雀,说:"谁告诉你,我和你是一家人?"

云雀:"关于这件事,我想提醒你一下:我能像你一样高飞,我还会唱歌,给大地上的人们的心中送去欢乐;而你则不能为他们带来任何欢乐和享受。"

兀鹰生气了:"欢乐和享受!你这个装腔作势的小东西!我能一啄将你撕个稀巴烂。你不过才有我的爪子那么大。"

云雀一跃跳到兀鹰背上,开始啄它的羽毛。兀鹰烦恼难忍,展翅高飞摩天,想把云雀甩离脊背,然而未能如愿。最后,它还是落到了起飞的那块岩石上,云雀依旧踩在它的背上。兀鹰气急败坏,怨天尤人。

这时,一只小乌龟走近兀鹰,见其怪状,大笑不止,笑得仰面朝天。

兀鹰仰视小乌龟,说:"你这个行动迟缓、弯腰驼背、永远附着地面的小东西！你笑什么？"

小乌龟回答："因为我看你变成了一匹马，一只小鸟骑着你，小鸟都比你强。"

兀鹰说："去你的！这是家庭问题，是我与云雀姐妹之间的事，外人休插嘴！"

情歌

有一次,一诗人写了一首情歌,高妙自不待言。他抄写了几份,分寄给好友与相识,其中男女均有。他也给一位姑娘寄去了一份;他与她只见过一面,她住在山后。

过了一两天,姑娘差人送来一封信。信中云:"请允许我向你吐露真情,我深深被你写的情歌所打动。请你现在就来,来见我的父母,面商订婚事宜。"

诗人即刻复信。信云:"朋友,那不过是发自诗人心中的情歌,每个男子都可以唱给每位姑娘听。"

姑娘又写来一封信。信中说:"花言巧语骗人的坏蛋!从今到死,我将因你而憎恨所有的诗人!"

泪与笑

黄昏时分，鬣狗与鳄鱼相遇在尼罗河畔，双方停下脚步，互相道好问安。

鬣狗说："先生，你的日子是怎样过的呀？"

鳄鱼回答道："过得很糟糕啊！我有时因痛苦烦恼而伤心落泪，可周围的人们总是说：'这不过是鳄鱼的眼泪。'这使我悲伤到不能描述的地步。"

鬣狗说："别只谈自己的痛苦烦恼事，可你也得想想我的处境呀，哪怕是短暂一刻呢！我看到世界上的壮观美景，心里就充满欢乐，就像白昼那样眉开眼笑。然而林中人却说：'这不过是鬣狗的欢笑。'"

集市上

一次,一位农村姑娘来到集市上。姑娘貌美超凡,面似玫瑰、百合,发若金色晚霞,唇含黎明微笑。

这位罕有的人间仙女,便被小伙子们盯上了。他们纷纷围拢上去,千方百计接近她。这个想跟她跳舞,那个想请她品尝糕点,多想上去吻一吻她的面颊,而且他们另有打算。

但是,姑娘自感受损,又惊又恼,认为那些青年行为不端,怒而斥责他们,气急之下,还抽了一两个人的耳光,然后目不斜视地离去。

天色已晚,姑娘在回家的路上,暗暗自言:"真讨厌!那些男子多没礼貌,道德多么败坏,简直叫人无法忍受。"

一年过去了,这位漂亮姑娘一直想念着集市和那些小伙子们。之后,她又一次来到集市上,依然面似玫瑰、百合,发若金色晚霞,唇含黎明微笑。

然而小伙子们一看见她,便纷纷躲开。姑娘孤零零度过了一天,没有一个人接近她。傍晚时分,姑娘回到家里,暗暗自语:"那些小伙子真没礼貌,讨厌至极,真令人无法忍受!"

两位储妃 ❶

舍瓦基斯城内住着一位储君，城里的男男女女、老老少少都爱戴他，就连地里的牲口也熟悉他，走来向他问安，见他来高高兴兴。

然而人们却说其正妻储妃并不爱他，甚至有人认为储妃恨其丈夫。

一天，邻邦的储妃前来拜访舍瓦基斯储妃。两位储妃坐下谈话，各自说起自己的丈夫。

舍瓦基斯储妃激动地说："我真羡慕你和你的丈夫生活得那样幸福，虽然你们已结婚那么多年。我呢，讨厌我的丈夫，因为他不属于我一个人。说真的，我是最不幸的女人。"

来访的储妃眷恋地凝视着主人，说："朋友，其实你是爱你的丈夫的。是的，你仍对他怀有未释放出来的激情，这就像花园里的泉水，正是女人的生命所在。可是，我和我的丈夫呢，我们之间没有任何感情，只是互相默不作声地忍受着对方，而你和人们却认为那是幸福。"

---

❶ 储妃：储君的正妻为储妃。

流浪者

闪电

一个风雨交加的日子，一基督教主教正在大教堂时，一位非基督教妇女走来，站在主教面前，问："我不是基督教徒，我能免遭地狱火烧吗？"

主教审视着妇女，回答道："不能！只有那些受过洗礼，灵魂得到净洁的人才能免受地狱火烧。"

主教正说话时，一道闪电自天劈下，继之雷声轰鸣，教堂起火，烧着了教堂的各个角落。

城里的人迅速赶来，救出了那位妇女，而主教却被火神吞噬了。

修士和禽兽

葱绿的丘山上，住着一位修士。他灵魂纯洁，心地善良。各种飞禽走兽常成双结对地来看望他；他与它们谈天论地，它们高高兴兴，侧耳聆听；它们一心接近他，和他一直待到日落；他只有为它们祈祷吉祥之后，方才打发它们走，目送它们飞上天空，步入丛林。

一天黄昏，修士正谈论爱情之时，一只豹子抬起头来，对修士说："先生既然给我们谈论爱情，那么，就请谈谈你的情侣，她现在在哪里？"

修士说："我没有生活伴侣。"

这时众禽兽一声惊呼，彼此交头接耳："他根本不懂什么情和爱，怎么能向我们谈论爱情呢？"众禽兽怀着蔑视的心情，相继悄然离去，只剩下修士孤身一人。

那天晚上，修士躺在席子上，两眼望着地，双手捶胸，痛哭不止。

先知和少年

一天，先知沙利亚在花园遇到一少年。少年看见他，急忙跑过来，说："早安，先生！"先知还礼道："先生，你早！"接着又说："只有你一个人？"

少年高兴地笑着说："我甩掉我的保姆好长时间了，她以为我在这篱笆外面。可是，你没看见我在这儿吗？"之后，他注视着先知的面孔，说："你也是一个人，你是怎么应付你的保姆的呢？"

先知答道："我们之间的情况不同。其实，我大半时间是甩不掉她的；可是现在，我来到了这座花园，而她还在篱笆墙外找我呢！"

少年拍手叫道："那么，你和我一样，也是个走失的人啦！走失的人不挺好吗？"然后问："你是何人？"

"人们都称呼我先知沙利亚，你呢？"先知说，"告诉我，你是何许人？"

少年说："我就是我自己。我的保姆在找我，而她不晓得我在哪里。"

先知凝视着天空，说："我也只能暂时逃离保姆一下，可她会在外面找到我的。"

少年说："我知道我的保姆也将在外面找到我。"

这时，传来一个女人呼叫少年名的喊声，少年说："你看，我对你说她会找到我的。"

这时，外面也传来一种声音："沙利亚，你在哪里？"

先知说："孩子，你瞧，她也发现我了。"

沙利亚仰面朝天，回答道："我在这里。"

珍珠

河蚌对一只河蚌邻居说:"我的肚子痛得厉害,里面有个又重又圆的东西。我带着它,遭多大磨难呀!"

邻居开心自得地回答道:"赞美苍天和大海,我没有任何疼痛感,里里外外,健壮安康。"

这时一只水蟹经过,听到两只河蚌交谈,对那只健壮安康的河蚌说:"是啊,你的确健壮安康。可是,使你邻居感到肚子疼的那种东西,是一颗美妙无比的珍珠。"

肉体与灵魂

一男一女相互依偎在春光明媚的窗前。女子说:"我看你,仪表堂堂,家财万贯,你永远有那么大的吸引力。"

男子说:"我爱你。你是一种美妙思想,高远莫测;你是我梦中之歌!"

然而女子扭过脸去,愤怒地躲开他,说:"先生,我希望你从现在起离开我。我不是什么思想,也不是你梦中的什么东西。我是个女人,我希望你想着我。我是妻子,我是尚未出生孩子的母亲。"

二人分手了。

男子自言自语:"又一个梦想破灭了,化成了云雾。"

女子独自苦思冥想:"男人为什么要把我化为云雾、梦想呢?"

国王

萨迪格王国的人民包围了王宫,群众愤而高呼反对国王的口号。国王从王宫台阶上走下来,一手托着王冠,一手提着权杖。众人看见国王,霎时一片肃静。国王站在众人面前,说:"朋友们!从现在起,你们不再是我的臣民。看哪,我这就把王冠和权杖交给你们。我想成为你们当中的一员。我不过是个普通人,但我想作为一个人,与你们一道劳动,共同努力,使我们的命运更加美好。不需要国王了!让我们到田野和葡萄园去,手挽手地劳动吧!我期望你们给我指出应该去的田地或葡萄园。现在,你们每一个人都是国王!"

人们大惊,鸦雀无声。被他们看作灾难根源的国王,如今交出王冠和权杖,成了他们当中的一个百姓。

之后各自散去,国王跟着一个人走向田间。

然而萨迪格王国的情况并未改善,愤怒云雾依旧笼罩着王国的天空和大地,人们又聚集在广场高呼口号,要求有个人统治他们,掌管他们的事务。老少异口同声地喊道:"我们要国王!"

他们找到国王,发现他正在田间劳动,把王冠和权杖交给他,说:"现在,你果断、公正地统治我们吧!"

国王说:"我将真的果断地统治你们,我也将请天地之神佐助我公正地统治你们。"

之后,男男女女前来控告一贵族虐待他们,把他们当成奴隶。

国王下令把那贵族传唤来，对他说："人的生命在上帝的天平上都是等重的。你既然不知道如何称量在你的田园中劳作的这些人的生命，那么，我就把你赶出去。你应该永远离开这个王国。"

第二天，一些人来告居住在山丘后的一个心地残忍、弄得当地贫穷不堪的女爵。国王下令立即把她带来，判之以流放，并且说："这些人耕种我们的土地，看管我们的葡萄园，我们吃着他们烤的面包，喝着他们酿造的酒，他们比我们高贵。既然你连这一点也不晓得，那么，你应该离开这块土地，远离这个王国。"

又有男女来控告主教，说主教强迫他们搬运、雕刻石头，建造教堂，分文不付；他们明知主教金银满库，而他们却忍饥挨饿，食不果腹。

国王下令把主教带来，对他说："你胸前挂的这十字架，意味着用生命换生命，而你却一味索取，从不付出。因此，你当离开王国，永远不得返回。"

就这样，整整过了一个月，每天都有男男女女前来诉说他们肩上沉重的负担；与此同时，每天都有一个或更多的压迫者被驱逐出境。

萨迪格国民惊喜，心中充满欢乐。

一天，老老少少将王宫包围起来，呼唤国王。国王一手托着王冠，一手提着权杖来到他们中间。

国王说："现在你们还有什么要求？我把你们所希望我拿来的东西再还给你们吧！"

人们高声呼喊："不，不！你是我们公正的好国王，是你清除了我们国土上的毒蛇、豺狼。我们来为你歌功颂德。王冠的威严属于你，权杖的光荣属于你。"

国王答道："不，不是我！不是我！你们自己才是国王。当你们认为我懦弱无能、不善治理之时，你们也是不善治理的弱者。如今，国家走上了正道，因为那是你们的意愿。我呢，不过是你们大家头脑中的一种理想，我存在于你们的工作之中，并不是一个叫统治者的人。被统治者会发现自己在统治自己。"

国王带着自己的王冠和权杖回到宫中，老老少少各自高高兴兴地回家去。

每个人都认为自己是一手托着王冠，一手提着权杖的国王。

沙滩上

一个人对另一个人说:"海水涨潮时,我用鞋尖在沙滩上写了一行字;人们至今仍驻足读之,唯恐日后被什么抹去。"

另一个人说:"我也在沙滩上写了一行字,但那是在退潮之时,海浪一来便将之抹去了。请告诉我,你写的是什么?"

前者回答道:"我写的是'我是存在者',你写的呢?"

"我写的是'我是沧海一滴水'。"

三件礼物

布什拉城有位仁慈王子,颇得臣民爱戴。

该城还住着一个光棍儿,一贫如洗,习惯骂人,经常摇唇鼓舌,诽谤中伤那位王子。

王子知道此事,但始终忍在心中,未动声色。

终于,王子想出一个制服那个光棍儿的办法:一个冬夜,王子派仆役给光棍儿送去一袋面粉、一盒肥皂和一块糖砖。

仆役敲过门,说:"王子给你送来了礼物,作为纪念,以示关心。"

光棍儿引以自豪,欣赏不已,满以为这是王子对他的敬重,高傲自得地走到主教那里,把王子送礼之事细细告知,并且说:"难道你看不到王子在如何讨我的喜欢吗?"

然而主教却说:"哦,好一个聪慧的王子,而你又是多么缺少智慧呀!王子在用暗示说话:面粉填充你那辘辘饥肠,肥皂洗涤你那心灵污垢,糖砖甜润你的苦涩口舌。"

自那日起,光棍儿深感自惭形秽,更加憎恶王子。这憎恶也波及点破王子意图的主教。

然而他自此沉默下来,没再中伤王子一句。

和平与战争

一天，三只狗在太阳下晒暖谈天。

第一只狗做梦似的说："真奇怪，我们今天像狗一样生活，想想我们当年在海底、地上甚至天空中旅行的方便，再想想为狗提供享乐的那些发明创造，我们的耳、鼻和眼多有福气！"

第二只狗说："我最关心艺术。我们月下的吠叫声比我们的前辈更富有节奏感；看我们自己落在水中的影子，会发现我们的容貌比昨天更洁净、更清晰。"

第三只狗走上来，说："然而使我最留恋、最勾我心魂的，还是狗王国中的相互谅解！"

这时，三只狗环视四周，发现一打狗者向它们走来，多么可怕！

三只狗一跃而起，胡乱向大街上窜去。逃跑时，第三只狗喊道："求上帝保佑，你们逃命吧！文明正在后面追捕我们。"

舞女

一次，一位舞女及其乐队来到拜尔卡沙国王子的宫廷，侍卫们热情迎接。舞女和着四弦琴、芦笛、洋琴的乐声，在王子面前翩跹起舞。

舞女先后跳了火焰舞、剑矛舞、星星舞、太空舞，最后又跳了风中之花舞。

其后，在王子面前停下舞步，向王子躬身施礼。王子令其走近自己，对她说："美丽的女子，幸福与欢乐的女儿，你的舞艺是从哪儿学来的？你怎么能够把大自然的各种因素融汇到你的舞蹈及其节奏韵律当中去呢？"

女子再次向王子行躬身礼，然后答道："我不知道如何回答殿下的问话。我只知道一点，那就是：哲学家的灵魂居其头脑，诗人的灵魂居其心中，歌手的灵魂居其喉咙，而舞女的灵魂则宿其周身。"

两个守护神

一天夜里,两个天神相遇在城门,相互问候之后,开始交谈。

一个天神说:"这些日子里,你在干什么?分派给你的任务是什么?"

另一个天神答:"分派给我的任务是看守一个罪人,他生活在山谷里,犯了大罪,滑到了危险的边缘。请允许我向你肯定,这是一项重大任务,我将付出极大辛苦。"

第一个天神说:"那很简单,我很了解罪人,不止一次看守过他们。我最近被分派去看守一名心地善良的圣徒,他生活在树枝搭成的凉棚下,远避人们,离群索居。我要肯定地对你说,这才是一项极其困难而细致的差事呢!"

第二个天神说:"这纯粹是欺诈!守护圣徒怎么会比看守罪人更难?"

第一个天神回答:"说我欺诈,岂有此理!我说的全是真话。我看你才是个诈骗犯!"

两位天神争吵起来,起初动口,最后终于拳脚相见。

双方正打得不可开交,天神王来了,停下脚步,问道:"为何争斗?什么事情使你俩打了起来?难道你们不知道守护神之间打架是不成体统的,尤其是在城门口?告诉我,你们俩之间的分歧何在?"

两位天神同时开口,都称自己的工作比同伴的困难,理应得到对自己功德更大的认可。

天神王摇了摇头，认真思索起来……

最后说："二位兄弟，我现在不能说你们俩之间谁应得到更大荣誉和更大报偿。我既然有权指挥你们，而且你们俩都坚持对方的工作比自己的轻松，那么，我给你们俩调换一下工作。为了太平无事，确保看守任务完成，并使各自满意，现在你们俩就各自承担原来委派给对方的任务去吧！"

两位天神即去执行天神王的命令。然而两位天神边走边不时回头怒目望望天神王，暗自说："这帮天神王！他们把我们这些守护神的生活弄得一天不如一天。"

天神王站在那里，自言自语道："其实，我们应该小心谨慎，留神看守这些守护神。"

雕像

山上住着一个人,他有一尊雕像,系古代某位大师所作。他把雕像丢在门前的地上,压根儿不去看它一眼。

一天,一城里人路经山上人家门前。那城里人见多识广,一看见雕像,便对主人表示想买下来。

主人笑道:"这是一块没人要的脏石头,你还想给它找个买主?"

城里人说:"我给你一块银币买下它。"

山上人又惊又喜。

雕像被一头大象驮运到城里。几个月之后,山上人进城,正游逛大街时,见一店铺门口人山人海,其中一个人大声喊叫道:"都来瞧,都来看,这里有一尊世间完美的雕像,仅仅两个银币,便可一睹雕塑大师的传世杰作。"

这时,山上人付了两个银币,走进店铺观看。原来那就是他以一块银币卖出的那尊雕像!

交换

一次,穷诗人与愚富翁相遇在交叉路口。二人之间有一长段谈话,所说的话无不流露着愤怒、厌恶情绪。

这时路神经过,手往二人肩上一搭,奇迹发生了:各自的财产转入了对方的手中。

二人各自离去。更奇异的是:诗人睁眼一看,发现自己手里抓的是流动的干沙子;而富翁一合眼,便觉得自己的心里尽是流动的乌云!

爱与憎

一女人对一男子说:"我爱你。"男子说:"我值得你爱的在我心中。"

女人问:"难道你不爱我?"男子久久注视着女人,没有作声。

这时女人高声喊叫:"我憎恶你。"男子说:"我值得你憎恶的也在我心中。"

梦

　　一个人睡觉时做了个梦,醒后去找占卜师,求其为之圆梦。

　　占卜师对那个人说:"你把醒时做的梦给我带来,我将给你圆之;至于你睡时所做的梦,则是我的学问和想象力不可及的。"

疯子

那是在疯人医院的花园里发生的事：我碰见一位面色憔悴、容貌俊美、令人觉怪的青年。

我在他身边的凳子上坐下来，问他："你为什么在这里呢？"

他吃惊地望着我，说："这么问不合适，但我还是回答你：我父亲要我变成他的复制品；我的叔父也想要我变成他那样的人；我母亲希望我成为她那位名扬四海的父亲那样；我姐姐则打算让我成为她的海员丈夫那样应该效仿的完美典型；而我的哥哥却说我应该成为他那样的出色的运动健将。

"还有，我的老师们，从哲学博士到音乐教师、逻辑大师，每个人都决心使我成为他们在镜中的影像那样。

"因此，我来到了这个地方。我发现这个地方能还健康给我，至少我能够成为我自己。"

之后，他突然把脸转向我，说："请告诉我，你也是被别人的劝告和教诲送到这里来的吗？"

我回答："不！我是来参观的。"

他说："那么，你是住在墙那边的疯人医院里的一个人了。"

青蛙

夏令的一天，一只青蛙对其伙伴说："我真担心我们夜晚唱歌会搅得岸上那家人不得安宁。"

伙伴回答："是啊！可是，难道你不觉得他们白天唠唠叨叨也扰乱了我们的宁静吗？"

青蛙说："人所共知，我们在夜里唱得太多，而且过分多了！"

伙伴说："他们白天里高声喧闹，而且过分嘈杂，这也是我们所共知的。"

青蛙说："牛蛙的咆哮声弄得四邻不得安宁，我们有什么可说的呢？"

伙伴说："是啊！那些来这岸边的政治家、牧师和学者喧闹不休，声音震天动地，既无音韵，亦无节奏，那你该说什么呢？"

青蛙说："真的！我们总要比这些人好些吧！让我们夜间安静一些，把歌保留在我们的心中，虽然月亮企盼着我们的歌喉，星宿期待着我们的和声。我们至少该沉默一夜或两夜，甚至连续三夜吧！"

伙伴说："很好！我同意。我们将看到我们的好心会带来什么结果。"

一夜过去，青蛙未鸣。第二夜、第三夜，人们也未听见青蛙的叫声。

更奇怪的事情发生了：第三天，住在湖岸边那家的多嘴多舌的女人下来吃早饭,高声对丈夫说:"一连两夜,我都没尝到睡觉的滋味。我只有听着蛙鸣,才能进入梦乡。我三夜没有听见蛙鸣,准是发生了什么意外事。我因失眠,都快要发疯啦!"

青蛙听到这话,把脸转向伙伴,使了眼色,说:"我们沉默得几乎要疯了,不是吗?"

伙伴回答道:"是啊!夜下沉默,对我们来说真是个沉重的负担。我现在已经明白,为了给那些用喧闹声填充空虚的人创造欢乐,我们没有必要中断我们的歌声。"

那天夜里,月亮终于盼到了青蛙的歌喉,星宿等来了青蛙的和声。

法律与立法

古时候，有位伟大国王。这位国王英明，想为臣民制定法律。

国王召来选自一千个部落的千位贤人，要他们制定在幅员辽阔的王国通行之法。

书写在羊皮纸上的千条法律被呈于国王面前，国王过目后痛哭流涕，因其不曾知道，王国之内，罪恶形式竟达千种。

之后，国王召来书记官，亲自口授法律，双唇含着微笑，最后法律成文仅仅七条。

千位贤人怒而离去，带着他们制定的千条法律回到部落中。每一个部落开始采用千位贤人制定的法律。

因此，直到今天，他们有千条法律。

那是个大国家，境内有千座监狱，这些监狱中充满触犯法律的男男女女。

那的确是个大国。然而国民都是千位立法者和一位英明的国王的后裔。

昨天·今天·明天

我对我的朋友说:"你看,她靠在他的手臂上;昨天,她还靠在我的手臂上呢。"

朋友说:"明天,她就靠在我的手臂上了。"

我说:"你看,她依偎在他的身旁;而昨天,她还紧紧倚着我坐呢。"

朋友说:"明天,她将坐在我的身旁了。"

我说:"你看哪,她正喝他杯中的酒;而昨天,她还和我同杯共饮呢。"

朋友说:"明天,她就会同我共饮一杯酒了。"

我说:"你看,她含情脉脉地注视着他;昨天,她也是这样凝视着我。"

朋友说:"明天,她也将这样望着我。"

我说:"瞧呀,她正在他的耳边低吟情歌;昨天,她还对着我的耳朵说悄悄话。"

朋友说:"明天,她就要对我唱情歌了。"

我说:"瞧呀,她在拥抱他;昨天,她还拥抱我呢。"

朋友说:"明天,她就要拥抱我了。"

我说:"一个多么奇怪的女人!"

朋友说:"她像生命,人人可以占有;她像死神,要征服所有的人;她像永恒世界,将接纳所有生灵。"

哲学家与鞋匠

一次，一位哲学家穿着破鞋来到修鞋铺，对鞋匠说："我想修修这双鞋子。"

鞋匠说："我现在正在修别人的鞋，而且有些鞋子也非修不可，然后才能轮到修你的鞋。不过，你可以把鞋放在这里，今天先穿这双鞋走，等明天我给你修好后再来取你的鞋子。"

哲学家生气了，说："我从不穿别人的鞋子。"

鞋匠说："那好！你真是一位哲学家，不能把你的脚放在别人的鞋子里吗？这条街上还有一个鞋匠，比我更了解哲学家，你到他那里去修鞋吧！"

建桥者

在安塔基亚的阿绥河入口处,有一座桥,将城市的两个部分连接起来。建桥用的条石,都是安塔基亚的骡子从山里驮来的。

桥建成后,一个桥墩上用希腊文和阿拉伯文刻着:"该桥为安条克二世❶国王所建。"

人们过河都打这座连接城市两部分的桥上经过。

一天傍晚,来了一个青年人,有的人认为他疯到了一定程度。这个小疯子来到刻着字的桥墩旁,用炭黑将原来的字抹掉,另写上:"该桥所用之石,皆由骡背自山间驮来;往来过桥者,均骑在该建桥者——安塔基亚骡背上。"

人们看过青年写的字,有的笑,有的惊,也有人说:"嘀,是的!我们知道那是何人写的,不就是那个'小疯子'吗?"

然而一头骡子笑着对另一头骡子说:"那是我们驮的石头,难道你不记得?虽然如此,但至今仍有人说该桥为安条克二世国王所建。"

---

❶ 安条克二世(前287—前246),叙利亚塞琉王国国王。公元前261年即位。

流浪者

扎德土地

旅行者在扎德的一条路上遇到一村夫,便指着大片土地问道:"这片土地不就是当年艾赫拉姆国王大胜敌人的战场吗?"

村夫道:"这里从未当过战场。这里原是宏伟的扎德城,因失火化为灰烬,但现在变成了肥沃良田。不是吗?"

二人分手,各奔东西。

走了不到半里路,旅行者遇到另一个人,指着田地又问:"这里当年有座宏伟的扎德城?"

那人说:"这里根本没建过城,倒是曾有一座修道院,已毁于南夷人之手。"

过了一会儿,旅行者在同一条路上遇到第三个人,指着宽广的土地问:"这里原先真有一座修道院吗?"

那个人回答:"这附近从来没有什么修道院。不过,我们的父辈、祖辈曾经告诉我们,这片土地曾落过一颗大流星。"

旅行者继续往前走,心中暗暗叫怪。之后遇见一位老者,问过安好,说:"老先生,我在这条路上遇到三个当地人,向每个人打听过这片土地的历史,但说法各不相同,都向我讲了一个别人没讲过的故事。"

老人家抬起头来,回答道:"朋友,这几个人说的都是事实。但是,我们当中很少有人能把一个个不同的事实串联起来,讲出整个历史事实。"

金腰带

一天，两个到有高柱的萨拉米斯城去的人相遇，于是结伴同行。中午时分，二人行至一条大河边，河上无桥，要么游过河，要么改走生路绕行。

一个对另一个说："我们游过去吧！这河并不宽，不必去吃绕行生路之苦。"

说完，二人跳入水中。

时隔不久，其中一个人便失去了平衡，被水流冲向远方，不能把握自己的方向，而他是识水性、熟知水道的。与此同时，另一个人不曾下过水，却沿着直线游过了河，很快站在对岸上。他见同伴正与水流搏斗，便再次跳入水中，把同伴安全拖上岸来。

险些被水流送命的人问："你说你是不会游泳的，怎么这样信心十足地游过了河呢？"

对方说："朋友，难道你没看见我这条金腰带吗？这里面装满金币，是我一整年辛辛苦苦劳动所得，全是为妻儿挣的。正是这条金腰带的价值使我浮过河来，以便回到妻儿身边；我游泳时，妻儿都在我的肩头。"

二人一起继续向萨拉米斯城走去。

流浪者

红土

大树对男子说:"我的根深扎红土之中,我将把果实献给你。"

男子对大树说:"你我何其相似!我的根也深扎在红土里。红土给予你力量,以便让你把果实献给我;红土也教我接受你的奉献,同时表示谢恩。"

圆月

一轮圆月升起,光华普照城郭,城里的狗都对着月亮吠叫不止。

然而有一条狗没叫。它厉声对同伴说:"你们的吠叫声既不能起死回生,也不能让月亮落地。"

霎时间,所有的狗中止吠叫,全城陷入吓人的寂静之中。但对大家说话的那条狗,为了寂静,一直持续吠叫了一整夜。

出家的先知

过去有两位出家的先知,每月三次离开禅房进城,在集市上号召人们助人为乐,分担他人重担。先知口齿伶俐,能言善辩,颇能说服人,因此名声远扬,国人皆知。

一天,三个男子来到先知的禅房,先知热情接待他们。他们对先知说:"你一直劝告人们施舍行善,互助协作,意在教育那些富有的人周济穷人。我们怀疑你的名声给你带来大批财富。如今,我们饥馑难忍,就请你给我们一些钱财吧!"

先知答道:"朋友们,我仅有这张床、这床被子和这把壶;如果你们需要,就拿去吧!我既无银,又无金。"

三个人蔑视地望了望先知,走在后面的一个人,在门口站了片刻,说:"噢,你在撒谎,你在行骗!你张口劝教别人,却从不以身作则!"

陈年佳酿

从前有个富翁,常炫耀自己的地窖中所藏的醇酒。窖中藏有一坛陈年佳酿,除了富翁,谁也不晓得他要保存到何时,更不知道他要派什么用场。

一位行政官来访,富翁对其来访表示感谢,心想:"不能为一个造访的行政官开这坛陈年佳酿。"

本地主教来访,富翁心想:"不能打开这坛陈年佳酿,因为主教不知其价值,更闻不出佳酿醇香。"

王子来访,富翁与之共进晚餐。富翁心想:"这是帝王之酒,王子安配饮之!"

直到侄子完婚时,富翁还在想:"不能!这些客人都不配喝这样的陈年佳酿。"

年复一年,许多年过去了,富翁暴卒,像一粒普通的种子或橡子被埋在土里。

下葬那天,窖藏之酒全被取出,其中包括那坛陈年佳酿。邻近农民开怀畅饮,谁也不曾留意那坛陈年老酒的年龄。

在饮者眼里,那坛陈年佳酿与其他酒一样,不过都是酒罢了。

两首长诗

许多世纪之前,两位诗人在雅典大街上相遇,彼此都为这邂逅而高兴。

第一位诗人问第二位诗人:"你近来写了些什么?这些日子里,你的灵感如何?"

第二位诗人回答道:"我刚完成一首长诗大作,堪称希腊有史以来最伟大的诗歌。它是至高宙斯神的独白!"

说着,从大袍里掏出一卷羊皮纸,"你瞧,就在这里,我随身带着呢!我很乐意给你朗诵一下。来,我们到那棵白杨树荫下坐坐吧!"

他开始朗诵自己的诗,那诗很长很长。

第一位诗人温和、礼貌地说:"这是一首长诗,必将流传百世,令后代称颂。"

第二位诗人从容不迫地问:"你最近有何新作?"

第一位诗人答道:"我写得很少,只有八行小诗,是为纪念原在花园里嬉戏的少年而作的。"接着,他朗诵了一遍。

第二位诗人说:"不太好,也不太坏。"

二人各自走去。

两千年后的今天,第一位诗人的那八行小诗,已浮于民口,众人无不赞而咏诵。

而那首长诗,虽然传了下来,却始终藏在图书馆、学者书斋里;人们提到它,却没人喜欢,无人咏诵。

罗丝太太

一次，三人遥见远处的绿色山丘上有一座孤零零的白房子，其中一个人说："那是罗丝太太的家，她是一位老巫婆。"

第二个人说："你错了！罗丝太太是位漂亮的女子，整日沉醉于自己的梦乡。"

第三个人说："你俩皆错！罗丝太太是这一大片土地的主人，靠吮吸在这里干活的奴隶们的血生活。"

他们边走边争论。

来到岔路口，遇见一位老者，其中一个人问道："你能将住在山丘上那座白房子里罗丝太太的情况告诉我们吗？"

老者抬起头，微微一笑，说："我现年九旬，我还是小时候听说过罗丝太太。罗丝太太去世已八十年了，那座房子是空的，只有猫头鹰在里面鸣叫；人们有时也说，那里面还住着别的什么东西。"

鼠与猫

一天傍晚,诗人遇见一位农夫。诗人冷漠,农夫腼腆。尽管如此,二人还是谈了起来。

农夫说:"我最近听到了一个小故事,让我讲给你听。一只老鼠落入捕鼠器中,正当它津津有味地吃着里面放的奶酪时,一只猫站在了它的身边。老鼠起初周身战栗,但立刻知道自己在捕鼠器里是平安无事的。

"猫说:'朋友,你已吃过最后一餐。'

"老鼠回答道:'我只有一次生命,那么,也将只有一次死亡。可是,你呢?听说你有九次生命,岂非意味着你有九次死亡吗?'"

农夫说到这里,望着诗人,问:"这不是个离奇的故事吗?"

诗人没有答话,而是走远之后,心想:"一点不错,我们肯定有九次生命,活命九生;我们应该有九次死亡,死亡九次。也许待在捕鼠器里,像老鼠一样生活,仅用一块奶酪当最后一餐,还是只有一生更好些。那样,我们不就与沙漠和丛林里的猛兽是亲属了吗?"

诅咒

一次，一位老水手对我说："三十年前，那个水手抢走了我的女儿，带着我的女儿逃跑了。我开始在心里诅咒他俩，因为在这个世界上，除了我的女儿，我不喜欢任何人。

"时隔不久，那个水手连同船一起沉入大海，我可爱的女儿也与他一起葬身海底。

"现在，你瞧瞧我这个害死了小伙子和姑娘的人！是我的诅咒毁灭了他俩。如今我将要入土，求上帝宽恕我的罪过。"

老水手这样说，然而他的语调里却充满自负与豪迈，好像仍在炫耀他那咒语的力量。

石榴

先前，一个人的果园里有许多石榴树。几乎每年秋天，他都把石榴放在银盘里，置于门外，盘上插着标牌，亲手写上："欢迎自取，分文不收。"

然而打银盘旁经过的人，谁都不拿石榴。

他经过一番思考，当下一个秋天来临，没把满盛石榴的银盘置于户外，只是插了一个标牌，上写："我有上等石榴，以高出其他石榴的价格出售。"

邻近的男男女女，都来争相抢购。

一神与多神

基拉菲斯城的一位诡辩家坐在神庙的台阶上，向人们宣讲神有多位。人们心想："我们知道，这些神不是和我们生活在一起，与我们形影相伴吗？"

没过多久，另一个人站在城市广场上，对人们说："根本不存在什么神。"听了这个好消息，许多人感到高兴，因为他们惧怕神灵。

一天，来了一个肌肉发达、口齿伶俐的人，说："只有一位神灵。"人们心中惶恐，害怕一神判决胜过多神判决。

同一季节，又来了一个人，对人们说："神有三位，居高风上，如同一体，他们有一位慈祥的母亲，心胸宽广，同时是他们的同伴，又是他们的姐妹。"

众人愁容消退，一个个心中暗想："虽然三位一体，但判断我们的缺点时，肯定意见不一。此外，他们的母亲心地善良，定会站在我们一边，为我们的弱点辩护。"

直到今天，基拉菲斯城的居民们仍在围绕是多神、无神、三位一体、神之慈母等问题无休无止地争论。

如此聋妻

富翁有一位年轻的妻子,但却耳聋。

一日清晨,夫妻正吃早饭,妻子说:"我昨天逛了市场,那里货色齐全,琳琅满目;大马士革绸袍、印度头巾、波斯项链、也门手镯……应有尽有,看来都是商队刚刚运到城里来的。现在,你看看我,破衣褴褛,成何样子,我还是知名富翁的妻子呢!我要你给我买些漂亮的东西。"

正在呷吮咖啡的丈夫立即回答:"我亲爱的!没什么不可以的,你去市场,买下自己想买的称心如意的东西就是了。"

聋妻说:"不,不,你就会说不!难道命中注定我身着破衣出现在男朋女友面前,让家人替我害羞,让人们讥笑你这个阔佬儿?"

丈夫说:"我没说'不'。你可以去市场买下全城最漂亮、最讲究的首饰和其他装饰品。"

妻子又误解了丈夫的话,回答道:"你是富人当中最吝啬的守财奴,你就是不想让我打扮得漂漂亮亮,而人家的贵妇人三三五五逛花园时,个个珠光宝气,人人浓妆艳抹。"

说着,她大哭起来,泪珠簌簌滚落在前胸,再次高声喊道:"每当我要衣服、首饰时,你总是说:'不,不!'"

丈夫惊慌失措,站起来,从钱柜里拿出一把金币,放在妻子面前,柔声和气地说:"亲爱的,上街去吧,想买什么就买什么吧!"

打那天起，聋妻每当想要什么东西时，总是眼噙泪水站在丈夫面前；丈夫则不声不响地从钱柜里拿出金币，放在妻子眼前。

后来，这位年轻女人恋上了一个习惯于长途旅行的小伙子；每当小伙子远行，聋女人总是在枕边哭泣。每逢富翁看见妻子落泪，便暗自想："定是新商队来了，有珍奇首饰珠宝上市！"

这时，富翁便拿出一把金币，丢给妻子……

探寻

大约一千年以前,两位哲学家在黎巴嫩的一个山坡上相遇,其中一位哲学家问另一位:"你到哪儿去?"

另一位哲学家回答:"我来寻找青春泉,该泉像花一样在太阳下闪闪发光。你在找什么?"

第一位答:"我在探寻死亡的秘密。"

这时,两位哲学家都知道对方缺少许多学问,尽管知识丰富。他俩开始争论起来,都斥责对方神经紊乱。

两位哲学家正像狂风一样咆哮时,一个陌生人经过二者的身边。村上人认为此人天真、可怜,一无所知。听到那两个人大声争吵,陌生人站了一会儿,仔细聆听他们的论据。

之后,陌生人走近二位哲学家,说:"看来你俩属于同一哲学派,谈的是一件事情,只不过用的是不同语词。一位寻找青春泉,一位探寻死亡的秘密,其实二者是统一的,同时存在于你俩体内。"

陌生人告辞,同时说:"二位贤哲,再见吧!"转过身去,只听他又发出平静的笑声。

二位哲学家相互默默地望了望,然后一起笑了。一位对另一位说:"好吧!我们现在一起探寻不好吗?"

权杖

国王对王后说:"夫人,你算不上真正的王后!你十分平庸无礼,不配当我的终身伴侣!"

王后说:"你自认为是国王,其实不过是前人可怜的回声!"

这话激怒了国王,只见他抄起权杖,金把手直打在王后的前额上。

这时太监走了进来,说:"怎么啦?这权杖出自王国伟大的艺术家之手,真可惜呀!有那么一天,陛下和王后被人忘却,而这权杖作为珍贵艺术品,将一代一代传下去。现在,它沾上了王后、陛下头上的血,它将变得更有价值,更有纪念意义。"

路

一个女人和她的儿子住在山上。孩子是母亲的大儿子,也是她的独生子;母亲将心中和生命中的一切情感和怜悯都倾注在儿子身上。

孩子死于突然高烧,当时医生就在孩子身边。

悲痛撕裂了母亲的心!她哭叫不止,对医生说:"告诉我!告诉我!是什么终止了他的活动,是什么终止了他的歌声?"

"是高烧。"医生说。

"什么是高烧?"母亲问。

医生回答:"我无法解释。那是一种极小的东西进入了人体,我们用肉眼看不到它。"

医生离去,那位母亲还在重复着医生的话:"一种极小的东西,我们用肉眼看不见它。"

当晚牧师前来安慰她,她在牧师面前哭着说:"我为什么失去了我的儿子,我的独生子,我的大儿子?"

牧师回答:"孩子,这是上帝的旨意。"

妇人说:"上帝是何人?上帝在哪里?我想见见他,当着他的面撕开我的胸膛,把我的血洒在他的双脚上。告诉我,我能找到他吗?"

牧师说:"上帝至大,无边无际,人类的肉眼无法看见他。"

妇人高声喊道："极小者秉至大者旨意，害死了我的儿子！我们呢？那么我们是什么？我们又是什么呀？"

这时妇人的母亲来了，拿着孩子的敛衣进了房间。牧师的话及女儿的呼喊，她都听见了。老妇人把敛衣扔在地上，拉住女儿的手，说："孩子，我们既是极小者，又是至大者。我们是二者之间的路。"

鲸鱼与蝴蝶

一日傍晚,曾有一面之交的一男一女同登上一辆旅行车。

男子是诗人,坐在女子身旁。为散心解闷,诗人开始给女子讲故事。那些故事有自编的,也有听来的。

诗人讲着讲着,女子睡着了。车子突然一颠,女子惊醒过来。她说:"我喜欢你对约拿❶与鲸鱼的故事所作的新解。"

诗人说:"不过,夫人,我讲的是自编的,说的是蝴蝶与白玫瑰如何相互转变的故事。"

---

❶ 约拿,《圣经·旧约》中的人物,希伯来先知。据"约拿书"记载,耶和华命约拿去尼尼微城警告居民,约拿违抗命令,上船出海,耶和华使海中起大风,船上人将约拿抛入大海。又是耶和华的安排,约拿被一条大鱼吞掉。约拿祷告求救,被吐在旱地上,才被迫去尼尼微城传达耶和华的警告。

和平感染

满缀鲜花的枝条对邻近一枝条说："这是最无聊、最空虚的一天。"另一枝条回答："真是空虚无聊极了。"

这时，一只麻雀飞来，落在一枝条上，随后又飞来一只麻雀，落在第一只麻雀旁边。

一只麻雀吟唱道："我的老伴弃我而去……"

另一只麻雀高声说："我的老伴也走了，而且不再回来，那有什么关系？"

两只麻雀开始对话，各自斥责对方，继之争吵起来，空中一片嘈杂。

突然另外两只麻雀自天上俯冲下来，从容地落在争吵的两只麻雀旁边。不久，天空中出现一片安静、和平气氛。

之后，四只麻雀成双成对飞走了。

满缀鲜花的枝条对另一枝条说："麻雀的到来，掀起一片嘈杂。"

另一枝条说："随你叫它什么，现在却是安静、和平的。假若天空的高层处于和平之中，那么，依我看，住在下层的人们也会生活在和平之中。你不想在风中摇晃的幅度更大一些，免得总离我那么远吗？"

"好啊！为了和平，我照你的意志办。春天很快就要过去了。"

满缀鲜花的枝条在风中用力摇摆，以便拥抱另一枝条……

树影

六月的一天,小草对一棵大树影子说:"你总是左右摇动,搅得我的心不得安宁。"

树影回答道:"移动的不是我!你瞧瞧天空,那里有棵树在风中东摇西摆,在天与地之间来回晃动。"

小草抬头仰望,第一次看到了那棵大树,暗自说:"嗬,还有比我大得多的草呢!"

随后默不作声了。

古稀之年

年轻诗人对公主说:"我爱你。"公主回答:"我也爱你,孩子。"

诗人说:"可是,我不是你的孩子,我是个男子汉,我真爱你。"

公主说:"我是母亲,儿女成群。我的儿女都当了父亲和母亲,他们也已儿女成群。我的孙子都比你的年龄大。"

年轻诗人说:"然而我爱你。"

时隔不久,公主死去。但是,当大地接受她的最后一息之时,她暗自说:"我亲爱的!我亲爱的孩子!我的年轻诗人!也许有朝一日,我们会再次相见,但那时我不会是古稀之年。"

寻找上帝

一次，两个人漫步在山谷之中。其中一个人指着山上说："你看见那座禅房了吗？那里住着一个人，弃绝世间红尘已久。地上的东西，他一概不要，一心想找到上帝。"

另一个人说："他是找不到上帝的，除非他离开禅房，放弃孤独隐居，回到世间，与我们同乐共悲，在婚宴上与狂欢者一道起舞，在死者的灵柩旁随悲痛者一起挥泪。"

前者从内心里相信此话有理，但他回答说："我同意你的说法。但我相信那位修道士是个好人。一个好人离群索居的善举，不比这些表面善良者的作为有益得多吗？"

大河

卡迪沙河谷的两条小溪相汇在大河奔流的地方，二者开始对话。

第一条小溪说："朋友，你是怎么来的？路上顺利吗？"

第二条小溪答道："我的路崎岖难行，障碍无数。水磨的轮子坏了，借运河引我的水灌溉庄稼的农夫死了。我不得不艰苦挣扎，携带着那些整日无所事事、在太阳下用他们的懒肉烤面包的人扔下的垃圾什物，缓慢地渗流。朋友，告诉我，你一路上情况如何？"

第一条小溪说："我的路途则不同：我从香花翠柳环抱的山丘顶上飞泻而下；男男女女用银杯畅饮，把我视作甘泉；孩童们见我而纷纷赤足涉入水中；在我的周围，尽是人们的欢声笑语，甜美的歌声直飞九霄，欢乐充满云天。你的路途不像我这样幸福，真是悲剧！"

这时大河高声说："来吧！来吧！我们将奔向大海。来吧！来吧！不要再说什么！现在和我一道走，我们奔向大海。来呀，来呀！跟着我走，你会忘掉迷途上的欢乐与忧愁。来吧，请进来，到了我们的大海母亲的怀抱，我和你都会把我们所走过的路统统忘掉。"

两个猎人

五月的一天，欢神与悲神相遇在一个湖畔。相互问好后，在平静的湖水边上坐下来，开始了交谈。

欢神谈及覆盖大地并使森林、高原充满生机的惊人之美，还谈到黎明和暮霭时分所听到的销魂之歌。

悲神说话了，表示完全同意欢神的看法。因为悲神深知时光的魅力及其内在美。当谈到五月里田间和高原的美景时，悲神口齿伶俐，言词娓娓动听。

两位神灵谈了许久，关于彼此见闻的看法完全一致。

这时，湖的对面出现两个猎人，隔水望着两位神灵。其中一个人说："奇怪呀，这两人是谁呢？"另一个猎人说："说什么，两人？我只看见一个。"

第一个猎人说："那里是有两个人。"第二个猎人说："我只能看清一个，湖水里还有一个倒影。"

第一个猎人说："不，那里有两个人，湖水里的倒影也是两个。"

第二个猎人又说："我只看见一个。"

"但我清清楚楚地看见是两个。"第一个猎人再次强调。

直到今天，仍然一个说另一个看花了眼，而另一个却说："我的朋友的眼有些瞎。"

另一个流浪汉

一天,我遇到另外一个在路上游荡的人。他也有些疯癫。他对我说:

"我是个流浪者。大部分时间里,我总是随着流浪汉们四处游荡。我的头要比他们的头高出七十腕尺;我的头脑能创造比他们的思想更开放的思想。

"可是,实际上,我并不与人们一起行走,而是在他们的上方。人们所能看到的,不过是留在他们旷野上的脚印。

"我经常听他们争论我的脚印的形状和大小。有的说:'这是远古的龙周游大地留下的足迹。'也有人说:'不!这是高空流星陨落的地方。'

"可是,朋友,你最清楚,这不过是一个流浪者的脚印……"